I0573490

SOCCORRERE JANE

Armi & Amori: verso il futuro, Libro 8

SUSAN STOKER

Questo libro è un'opera di fantasia. Nomi, personaggi, luoghi e avvenimenti sono prodotti dall'immaginazione dell'autrice o usati in modo fittizio. Qualsiasi somiglianza con luoghi reali o con persone del presente o del passato è del tutto casuale.

Copyright © 2022 di Susan Stoker

Nessuna parte di quest'opera può essere usata, memorizzata, riprodotta o trasmessa senza il permesso scritto dell'editore, eccetto per brevi citazioni a scopo di revisione, come permesso dalla legge.

Questo libro è concesso in licenza solo per uso personale e non può essere rivenduto o ceduto ad altre persone. Se vuoi condividere questo libro con un'altra persona, per favore acquista una copia aggiuntiva per ogni destinatario. Se stai leggendo questo libro e non l'hai acquistato, o non l'hai comprato solo per te, per favore acquista la tua copia.

Grazie per aver rispettato il duro lavoro di questa autrice.

Titolo originale: *Securing Jane*
Traduzione dall'inglese a cura di Well Read Translations
Redatto da Kelli Collins
Prodotto negli Stati Uniti

Also by Susan Stoker

Armi & Amori: verso il futuro

Soccorrere Caite

Soccorrere Brenae

Soccorrere Sidney

Soccorrere Piper

Soccorrere Zoey

Soccorrere Avery

Soccorrere Kalee

Soccorrere Jane

Ricerca e soccorso Eagle Point

In cerca di Lilly

In cerca di Elsie

In cerca di Bristol (15, Novembre)

In cerca di Caryn (4 Aprile)

In cerca di Finley

In cerca di Heather

In cerca di Khloe

Il Rifugio

Meritare Alaska

Meritare Henley (3 Gennaio)

Meritare Reese (30 Maggio)

Meritare Cora

Meritare Lara

Meritare Maisy

Meritare Ryleigh

Forze Speciali alle Hawaii

Trovare Elodie

Trovare Lexie

Trovare Kenna

Trovare Monica

Trovare Carly

Trovare Ashlyn (7 Febbraio)

Trovare Jodelle (22 Luglio)

Delta Duo

La forza di Gillian (1 Dicembre)

La forza di Kinley (1 Febbraio)

La forza di Aspen (1 Maggio)

La forza di Jayme (15 Giugno)

La forza di Riley (15 Agosto)

La forza di Devyn (15 Settembre)

La forza di Ember

La forza di Sierra

Delta Force Heroes

Salvare Rayne

Salvare Emily

Salvare Harley

Difendere Chloe
Difendere Morgan
Difendere Harlow
Difendere Everly
Difendere Zara
Difendere Raven

Ace Security

Il riscatto di Grace
Il riscatto di Alexis
Il riscatto di Bailey
Il riscatto di Felicity
Il riscatto di Sarah

Una raccolta di storie brevi

Un momento nel tempo

CAPITOLO UNO

Jane Hamilton aveva fatto del proprio meglio per non darsi false speranze. Era talmente emozionata per il giro della posta di quella mattina da essere quasi triste. Dopo tutto, si trattava della routine degli ultimi diciotto anni, da quando aveva iniziato a lavorare alla base navale e il marito un bel giorno le aveva detto che aveva trovato un'altra donna e che avrebbe chiesto il divorzio.

Era stato un momento dolorosissimo. Jane era convinta che sarebbe stata sempre con Jake dai tempi del liceo. Si era fatta in quattro per sostenerlo nella scelta di arruolarsi in marina all'età di diciotto anni; ma come se niente fosse, dopo più di dieci anni di matrimonio, lui l'aveva piantata in asso a crescere da sola una bambina di otto anni. Fino alla maggiore età della figlia, le aveva inviato del denaro mensile di malavoglia, solo perché l'aveva costretto il tribunale. Da quel momento, Jane non aveva più avuto notizie di lui.

Nel frattempo, aveva trovato lavoro allo smistamento postale della base e negli ultimi vent'anni era salita di grado al punto di supervisionare circa dieci dipendenti ed essere la responsabile delle consegne in tutta la base. Nonostante fosse il capo, recapitava le lettere a mano in tutto l'edificio ogni mattina senza eccezioni. Innanzitutto, era un'opportunità per uscire un po' dall'ufficio: le piaceva chiacchierare con gli altri impiegati e conoscere i militari della marina.

Nell'ultimo anno e mezzo, però, manteneva quella routine anche per *lui*.

Storm North.

La prima volta che l'aveva visto, si era letteralmente immobilizzata. A quanto pareva, lavorava alla base da un bel po', ma gli avevano assegnato l'ufficio nello stesso edificio di Jane solo da poco. Al solo sentir pronunciare quel nome le sfuggiva un sospiro.

Storm North.

Davvero mascolino, sembrava il nome di un eroe dei romanzi rosa che Jane amava.

Aveva una cotta terribile per quell'uomo, il che sembrava un tantino ridicolo, dato che Jane aveva cinquantuno anni, decisamente troppi per delle storielle spensierate. Ciò non significava che non provasse più desiderio sessuale, anzi: nel momento in cui aveva conosciuto Storm, il desiderio si era ferocemente risvegliato alla sola vista di quell'uomo. Era poco più alto del metro e sessanta di lei, ma quel fisico snello aveva una presenza talmente imponente da renderlo maestoso. I capelli castani tagliati a spazzola, con delle macchie brizzolate sulle tempie, gli mettevano ancor più in risalto gli occhi color nocciola. Emanava forza e vitalità da tutti i pori.

Era un tipo perlopiù serio, il che non la sorprendeva, viste tutte le responsabilità che aveva: era a capo di diverse squadre di SEAL e Jane ammirava il fatto che Storm prendesse il lavoro tanto a cuore.

Amava farlo sorridere, anche se si trattava solo di un semplice buongiorno, della consegna di un pacco o di una battuta a caso.

Jane viveva per quei giri mattutini a consegnare la posta, perché poteva vedere Storm.

La figlia Rose, con cui Jane aveva un rapporto a dir poco delicato, le avrebbe dato della ridicola, le avrebbe detto che un uomo importante come Storm non avrebbe neanche notato una semplice impiegata postale come lei. Eppure, Jane non poteva fare a meno di fantasticare su di lui, immaginare che un giorno si sarebbe *davvero* accorto di lei e si sarebbe chiesto perché non l'avesse mai invitata a uscire insieme.

A ogni modo, Jane non era molto convinta che sarebbe successo, semplicemente perché non credeva di essere il suo tipo. Non conosceva molto di lui, a parte il fatto che anche lui era stato un SEAL della Marina, ma immaginava che preferisse belle donne slanciate. Storm era di bell'aspetto e in forma, mentre lei... no. Di solito Jane non criticava le proprie abitudini, ma non le piaceva molto allenarsi, anzi, preferiva di gran lunga un bel calice di vino insieme a una fetta di torta.

Inoltre, aveva passato davvero un periodo duro dopo il divorzio, il che la rendeva restia a legarsi a qualcun altro. Nonostante fosse aperta e amichevole sul lavoro, si chiudeva a riccio quando si trattava di socializzare. Storm invece dava l'idea di essere l'anima della festa, un tipo che non si faceva problemi a parlare con chiunque. Era genuinamente gentile, nonostante l'apparenza burbera.

Doveva sicuramente avere una compagna, sebbene non una moglie, per quanto ne sapesse Jane, che gli controllava costantemente l'anulare sinistro.

Osservandolo dall'esterno, Storm North sembrava davvero un buon partito, mentre lei non era altro che... Jane, una come tante, come le diceva sempre il suo ex. Persino la figlia non aveva fatto altro che ripeterglielo, durante gli anni turbolenti dell'adolescenza.

Crescere Rose da sola non era stata certo una

passeggiata. Inizialmente, Jake aveva voluto collaborare, ma col passare degli anni si era trasferito da una base all'altra ed era andato a trovare la figlia sempre più di rado. Rose ne aveva risentito molto, si era sentita abbandonata e aveva incolpato la madre di quell'assenza. Durante il liceo, era sgattaiolata via di casa centinaia di volte e si era diplomata per il rotto della cuffia.

Jane non era rimasta sorpresa, quando Rose aveva lasciato casa appena compiuti diciotto anni. C'erano stati persino momenti in cui aveva pensato che la polizia le avrebbe bussato alla porta per dirle che la figlia era morta di overdose o perché era andata con l'uomo sbagliato. Alla fine, comunque, dopo parecchi anni difficili, erano riuscite a stabilire un rapporto equilibrato. A quel punto Rose aveva ventisei anni, un ragazzo stabile (che non aveva presentato alla madre) e quantomeno si sforzava di essere un po' più gentile. Nonostante la ragazza non si facesse più sentire solo per chiederle dei soldi, Jane non aveva idea di dove lavorasse.

Era piuttosto patetico che lo considerasse un buon segno.

Nel giro di quasi dieci anni passati da sola, Jane si sentiva come se stesse capendo chi fosse come donna.

Da ragazza di Jake, era diventata la moglie di un militare, per poi venire lasciata e ritrovarsi madre single. Aveva lottato tanto duramente e tanto a lungo, che sembrava ancora che fosse alla ricerca di se stessa, il che era abbastanza insensato a cinquant'anni, eppure eccola lì. Desiderava innamorarsi di nuovo, trovare un uomo che la sostenesse tanto quanto lei sosteneva lui. Voleva qualcuno con cui ridere e… spassarsela come aveva immaginato per anni e anni.

Storm North, però, non era il tipo.

Jane ne era certa, ma ciò non le vietava di fantasticare su di lui.

Mentre spingeva il carrello della posta lungo il corridoio, sempre più vicina all'ufficio di Storm, Jane sentì il battito accelerare. Ridicola, sciocca. Sembrava di stare di nuovo alle scuole medie, quando stava per vedere il ragazzo per cui aveva una cotta colossale.

Con l'unica differenza che Storm non era certamente un ragazzino.

Entrò nell'ufficio dell'assistente amministrativo e sorrise all'uomo seduto alla scrivania.

"Buongiorno," disse lei allegramente.

"Ciao, Jane," le rispose il giovane con un sorriso. "Entra pure, non è in riunione."

"Grazie," gli disse, nella speranza di non sembrare troppo emozionata. Visto che Storm era un uomo impegnato, lei non aveva occasione di vederlo tutti i giorni, ma ogni volta che ci riusciva, le si svoltava la giornata.

Prese un pacchetto e tre lettere per lui e si diresse verso l'ufficio, diede qualche colpo alla porta e la aprì non appena Storm le disse di entrare.

Era seduto alla scrivania e indossava una divisa mimetica blu. Se non fosse stato per i capelli brizzolati sulle tempie, Jane non avrebbe mai detto che aveva quasi cinquant'anni, anzi, sembrava essere in grado di sfidare i giovani SEAL della Marina di cui era responsabile e persino batterli in qualsiasi momento.

"Buongiorno," gli disse Jane dolcemente.

Storm alzò lo sguardo. "Ciao, Jane. Come stai?"

"Bene, e lei?"

"Ora che ho finito il rapporto disciplinare per uno dei migliori SEAL che abbiamo alla base, direi che non c'e male."

Jane capì a cosa si riferisse. Nonostante lavorassero in una base navale sterminata, la gente parlava e le voci correvano velocemente: il SEAL Phantom si era rifiutato di andare in congedo per recarsi a Timor Est a salvare una giovane donna. Jane non conosceva tutti i dettagli, ma una storia romantica come quella le faceva sciogliere il cuore.

"Sarà stato complicato," osservò lei diplomaticamente.

Quando Storm sorrise, lei si sentì un po' mancare le ginocchia.

"Diciamo di sì. Comunque... tu che mi dici? Ieri non ti ho vista."

A quell'affermazione, Jane avrebbe voluto crogiolarsi nel fatto che lui avesse notato la sua assenza, ma si limitò a scrollare le spalle con nonchalance. "Sì, tutto bene, ieri mi sono svegliata con l'emicrania e mi sono presa il giorno libero. Ho ancora parecchie ferie, quindi tanto valeva sfruttarle."

"Buon per te," le rispose Storm. "Voglio dire, è giusto lavorare sodo, ma non è sano non prendersi mai un giorno di malattia o di vacanza."

"Davvero? Qual è l'ultima volta che *lei* ne hai preso qualcuno?" Quella domanda le venne di getto.

"Beccato," si arrese Storm con un sorriso a trentadue denti. "Ogni volta che penso di prendermi qualche giorno, ci ritroviamo sempre nella merda... Oh scusa, certe volte mi dimentico le buone maniere, in compagnia."

Jane ridacchiò. "Non si preoccupi, non mi sorprendo né mi offendo per niente che lei possa dire," gli spiegò. "Ho lavorato qui abbastanza a lungo per sentire ogni tipo di parolaccia possibile, senza contare quelle che ho imparato da mia figlia quando era ancora adolescente."

"Hai una figlia?" le chiese Storm, che inclinò la testa di lato. "Non mi sembri dell'età di chi ha già una figlia tanto grande."

Jane alzò gli occhi al cielo. "La prego, guardi che sono vecchia, e poi mia figlia adesso ha ventisei anni e mi ha regalato ogni singola ruga che mi ritrovo in faccia."

"Ma dai... invece stai benissimo. Sul serio, tuo marito è un uomo fortunato."

Storm stava per caso *flirtando* con lei? Oppure stava cercando di capire se fosse sposata? Jane riuscì a malapena a non mettersi a ballare dalla felicità di fronte a lui. "*Era* fortunato," lo corresse, poi aggiunse: "Ma ha deciso di scaricarmi vent'anni fa per una piccola ruffiana. Peggio per lui."

Storm le teneva gli occhi color nocciola fissi sul volto, al punto che Jane si sentì confusa: aveva sognato per anni di avere la totale attenzione di quell'uomo, ma una volta ottenuta non seppe come comportarsi.

"Da quanto lavori qui?" le chiese.

"Vent'anni, mi hanno assunta proprio dopo il divorzio."

Storm annuì. "Per quel che vale, ti ringrazio, apprezzo molto il tuo lavoro. Non mi sono mai dovuto preoccupare che la mia posta si perdesse e i tuoi dipendenti hanno sempre risolto rapidamente ogni tipo di problema che abbia avuto. Li hai istruiti bene."

Era uno dei migliori complimenti che Jane avesse

mai sentito. Nonostante avesse desiderato di ricevere da lui un apprezzamento più personale, si sarebbe accontentata di quello lavorativo. Era molto fiera del rigore con cui mandava avanti l'ufficio: spesso non ci si rendeva conto di quanto fosse complicato gestire la posta, dai pacchetti con gli indirizzi incompleti che andavano ricostruiti, passando per spedizioni errate e posta affrancata male... Per non parlare poi di tutta la corrispondenza interna che andava da un capo all'altro della base. Lei e gli impiegati avevano sempre un gran daffare. "Grazie," gli rispose con un sorriso appena accennato.

"Allora è tutto per stamane?" le chiese lui, con un cenno rivolto verso le buste che lei stringeva in mano.

"Oh, sì, scusi," gli disse, poi avanzò verso la scrivania e ci poggiò sia le lettere che il pacchetto.

"Figurati," le rispose. "Con la testa va meglio oggi?" le domandò.

Per un secondo, Jane si sentì talmente spaesata da non avere idea di cosa stessero parlando, ma poi si ricordò. "Ah, sì, la ringrazio. Non mi vengono spesso le emicranie, ma quando succede sono davvero insopportabili. Comunque, a parte qualche dolorino, oggi mi sento bene."

"Perfetto. Allora ci vediamo domani, giusto?"

Jane si illuminò e annuì. "Esatto. Allora buona

giornata, signore, e cerchi di non spaventare troppo i cadetti."

"Dammi del tu... Comunque, non posso promettere niente."

Jane era certa di avere un sorriso ebete stampato in faccia, ma non poteva farne a meno. Gli rivolse un breve cenno di saluto e uscì dall'ufficio. Quando chiuse la porta, si voltò per salutare l'assistente e spinse il carrello della posta di nuovo in corridoio. Si fermò lì fuori e si appoggiò alla parete a occhi chiusi, con un sospiro di contentezza.

Parlare con Storm la rendeva sempre felice, ma quel giorno era stato diverso. Era sembrato più... coinvolto, le aveva fatto domande personali, le aveva chiesto di dargli del tu. Quando le aveva sorriso, si era sentita cedere le ginocchia.

Inspirò profondamente e proseguì lungo il corridoio verso l'ufficio successivo, più felice di quanto si fosse sentita da molto tempo.

CAPITOLO DUE

L'ammiraglio Storm North si rilassò sulla sedia e rimase a fissare la porta da dove era appena uscita Jane Hamilton. Non sapeva perché gli avesse attirato tanto l'attenzione, quella mattina: ci aveva parlato spesso nell'ultimo anno, ma per qualche motivo non l'aveva davvero *notata* fino a quel momento.

Non era niente male.

Forse era perché i SEAL con cui Storm lavorava avevano trovato tutti l'amore di recente, oppure perché diventava sempre più consapevole degli anni che passavano. Magari era anche dovuto a tutto ciò che era successo con Phantom e Kalee e a quanto avessero lottato per avere un lieto fine.

Storm non ne aveva idea, ma quando aveva alzato gli occhi verso Jane, che gli sorrideva timidamente dalla porta, gli era scattato qualcosa dentro.

Gli piaceva lavorare sodo, così come essere nei SEAL e mantenere il paese al sicuro. Era stato impaziente di rivestire quel nuovo ruolo, una volta divenuto anziano per andare in missione. Provava gusto nel risolvere problemi lavorativi, ma...

Si sentiva solo.

Era dura tornare in una villetta a schiera di due piani, cenare senza nessun altro, guardare la TV e andare a letto in solitudine ogni giorno. Lui adorava stare in mezzo alla gente, e non avere nessuno con cui parlare e condividere la giornata lo stava logorando.

Quando Jane era entrata in ufficio, gli era sembrato per un secondo di leggerle negli occhi lo stesso desiderio di compagnia che provava anche lui ogni mattina. Un aspetto ancora più importante era che per la prima volta aveva notato come Jane fosse arrossita leggermente quando lui le aveva sorriso, come le fosse accelerato lievemente il respiro mentre parlavano, come si fosse morsa il labbro, forse dal nervosismo.

Da tutti quei segnali, Storm non doveva esserle indifferente.

Nonostante l'imbarazzante e goffo tentativo di scoprire se fosse sposata, la risposta era stata più che soddisfacente. Storm apprezzò l'autostima che lei aveva dimostrato dicendo che il marito *era stato* fortunato ad averla accanto. Gli piacque anche venire rimproverato per non aver preso delle ferie, da una parte perché in quel modo Jane aveva mostrato prontezza di pensiero, dall'altra perché l'aveva chiaramente tenuto d'occhio.

Quando l'avevano trasferito in quell'edificio, Storm aveva indagato su tutti gli impiegati che ci lavoravano. Preferiva conoscere bene le persone che lo circondavano e sapere quali fossero i loro trascorsi. Ritrovare i dati su Jane dai meandri della mente non fu difficile: aveva lavorato allo smistamento postale per anni, come lei stessa aveva detto; poi l'avevano promossa da impiegata a direttrice a cinquantuno anni. Una carriera professionale impeccabile.

La chiacchierata di quella mattina, però, gli aveva comunicato molto di più di un semplice pezzo di carta. Era stata sposata e aveva divorziato, aveva una figlia adulta con la quale aveva un rapporto burrascoso, perlomeno quando era ancora piccola. Se non andava errato, Jane doveva avere più di un interesse passeggero per lui, anche se lui certamente non riusciva a spiegarselo.

Storm sapeva di essere attraente. Non era pieno di sé, ma quando aveva lavorato sul campo parecchie donne avevano flirtato con lui per via della carriera o del suo aspetto. A ogni modo, dopo essersi ritirato dalle missioni ed essere passato al lavoro d'ufficio, non aveva più tempo per le donne.

Ciò non significava che loro non provassero a sedurlo. Storm aveva perso il conto delle mogli che ci avevano provato con lui e che gli avevano assicurato che si sarebbero potuti vedere all'oscuro dei rispettivi mariti.

Lui, però, non voleva andare a letto con una donna sposata, non voleva dover sgattaiolare in giro. Voleva una donna di cui poter andare fiero e che fosse emozionata allo stesso modo di essergli accanto. Per una volta, avrebbe voluto essere lui a corteggiarla.

Nella vita, non si era quasi mai dovuto impegnare per attirare l'attenzione di una donna. Erano loro che andavano da lui, che quindi aveva l'imbarazzo della scelta. In tutta onestà, si era sempre sentito un po' squallido al riguardo. Lo intrigava il fatto che, nonostante l'ovvio interesse, Jane Hamilton lo conoscesse da parecchio tempo e non fosse mai andata oltre il "buongiorno" e il "buonasera".

Era da un po' che Storm non si cimentava in una sfida e aveva la sensazione che Jane ne valesse davvero la pena.

In ogni caso, lui non era tipo da colpo di fulmine, a prescindere da quanto si sentisse rinvigorito ed emozionato al pensiero di dover corteggiare una donna; perciò ci sarebbe andato con calma. Avrebbe conosciuto meglio Jane nelle settimane successive, ci avrebbe flirtato un po' e avrebbe sondato il terreno, per capire se stesse decifrando correttamente i segnali.

Poi, quando fosse arrivato il momento giusto e non fosse stato oberato di lavoro, le avrebbe chiesto di uscire, in modo da capire se avessero chimica anche fuori dalla base navale.

Soddisfatto del piano a lenta esecuzione, Storm afferrò la posta e si mise al lavoro.

———

Jane avrebbe voluto solo pensare alle farfalle nello stomaco che le erano venute per aver parlato con Storm, ma il dovere chiamava. Una volta tornata allo smistamento, che si trovava nel seminterrato dell'edificio, era stata tirata da ogni parte: dopo la consegna, ci furono un'infinità di problemi da risolvere.

Un ammiraglio si era lamentato di non aver ricevuto un rapporto dall'altra parte dell'edificio, rapporto che era invece previsto per quella mattina. Inoltre, due impiegati si erano dati malati: Jane avrebbe finito per licenziarne uno per le troppe assenze. Come se non bastasse, avevano ricevuto una quantità enorme di posta, che andava smistata e consegnata entro quel pomeriggio. Dato che erano oberati, Jane non ebbe il tempo di analizzare la conversazione di poco prima con Storm. Il dovere chiamava.

Dopo pranzo, Jane stava smistando la posta insieme agli altri, quando un pacchetto sul rullo attirò la sua attenzione. A un primo sguardo, sembrava non esserci niente fuori posto: era grande quasi quanto metà di una scatola di scarpe ed era chiuso solo con un po' di nastro adesivo. Quando si soffermò sull'indirizzo, però, Jane capì che l'etichetta di spedizione aveva qualcosa che non andava. Non era indicato il mittente e in un angolo c'erano fin troppi francobolli, chiaramente timbrati a mano; il pacchetto era segnalato come "riservato" ed era indirizzato all'ammiraglio di divisione Creasy... a parte per il fatto che il nome scritto sul pacchetto era 'Creasey', con una *e* in più.

Più lo analizzava, più quel pacchetto le sembrava sospetto: aveva seguito fin troppi corsi di formazione su bombe e antrace spediti per posta per far passare quel pacco senza problemi. Se fosse stato recapitato all'ammiraglio e gli fosse successo qualcosa, Jane non se lo sarebbe mai perdonato.

Doveva evacuare la stanza, allertare le autorità, spegnere l'aria condizionata (per precauzione) e doveva lasciare il pacchetto dove si trovava fin quando non fosse stato esaminato. Perciò, si mise subito all'opera. L'intervento avrebbe comportato un ritardo di ore nella consegna della posta, anzi, forse una giornata intera, ma non potevano evitarlo. Se per posta era arrivato un esplosivo o un agente biochimico, la questione aveva la priorità persino sul programma di Jane.

Proprio mentre si stava voltando per avvisare tutti di mettere in atto il protocollo di quarantena, uno dei dipendenti spinse verso di lei un gran numero di pacchi e lettere sul rullo. Il pacchetto incriminato traballò sull'orlo del tavolo di smistamento e Jane allungò d'istinto un braccio per afferrarlo.

Da quel momento, tutto sembrò accadere al rallentatore.

Il pacco cominciò a cadere.

Jane lo prese a mezz'aria.

Quei movimenti avevano chiaramente fatto scattare qualcosa all'interno, perché il pacchetto si aprì e un agente caustico arancione si diffuse nell'aria e su Jane.

Si sentì mancare l'aria e iniziò subito a tossire, nel tentativo di mantenere la calma, l'impresa più dura di tutta la sua vita.

"Porca miseria, Jane, che diavolo succede?" esclamò uno dei dipendenti.

"Non toccarmi," riuscì a dire, con gli occhi strizzati. Mentre tossiva, avvertì: "Codice nero! Avvisate la polizia e azionate il codice nero!"

Per fortuna, i dipendenti sapevano esattamente

come muoversi. Il codice nero era il massimo livello di emergenza che potesse dichiarare la sala di smistamento e indicava la presenza di agenti chimici, nonché la necessità che l'intero personale si tenesse a distanza. Lei e gli altri dipendenti si erano ripetutamente preparati a quella precisa eventualità, ma Jane non avrebbe mai pensato di venire contaminata.

Mentre li sentiva fuggire dalla stanza, cercò di capire in che punto si trovasse e andò alla cieca verso la parete che aveva alle spalle. Non voleva toccare niente perché avrebbe potuto spargere l'agente contaminante che aveva sulle mani, ma ogni secondo che passava le era sempre più difficile respirare: doveva raggiungere il reparto anticontaminazione.

Come da protocollo, gli impiegati avevano evacuato la zona e lei era rimasta da sola.

Sentiva che i polmoni le stavano per esplodere; dopo qualche altro colpo di tosse, vomitò sul pavimento ai propri piedi. Le faceva male tutto e si sentiva il viso in fiamme.

Cadde sulle ginocchia e cercò di introdurre ossigeno nei polmoni ardenti. Aveva la sensazione che le si stesse sciogliendo la pelle, non riusciva a percepire niente al tatto, non ce l'avrebbe mai fatta a raggiungere la decontaminazione. Perciò rimase lì, in ginocchio, in preda ai conati di vomito.

———

Storm stava leggendo un rapporto sull'aumento degli scontri in un piccolo paese africano, quando l'assistente amministrativo fece capolino in ufficio.

"Scusi il disturbo, signore, ma abbiamo un codice nero allo smistamento postale."

"Porca miseria, un codice nero? Sei sicuro?" gli domandò.

"Sì, signore. Stanno evacuando l'edificio, dobbiamo andare."

Storm si alzò immediatamente dalla scrivania e si diresse verso la porta: l'unico pensiero che gli venne in mente fu Jane, che lavorava proprio in quel reparto.

Aveva pensato solo quella mattina di esplorare quell'interesse per la timida direttrice, ma quella specie di minaccia biologica nella sala smistamento ribaltava completamente la situazione. Finché non si fosse sincerato che Jane stesse bene, la sensazione di preoccupazione e disagio non l'avrebbe sicuramente abbandonato.

Percorse il corridoio diretto alle scale. Dopo due rampe, non uscì fuori ma continuò a scendere verso il seminterrato. Superò un gruppo di persone che salivano, ma nessuno osò chiedergli dove stesse andando e per quale motivo. Certe volte, il grado di ammiraglio comportava dei vantaggi.

Qualcuno aveva azionato l'allarme antincendio che già gli stava dando alla testa, ma lui lo ignorò il più possibile per raggiungere l'entrata della sala smistamento. C'era stato solo un paio di volte, però conosceva benissimo la strada.

Cercò di aprire la porta, ma la trovò bloccata. "Porca puttana," borbottò quando gli ritornò in mente che il protocollo di emergenza prevedeva che tutte le porte venissero sigillate.

Rimase lì per qualche secondo a valutare il da farsi. Era probabile che Jane fosse riuscita a uscire insieme agli altri impiegati e che stesse informando le autorità dell'accaduto, anzi, era anche possibile che il codice nero fosse un falso allarme, alla fine non c'erano incidenti causati antrace o gas nervino da anni.

Una piccola parte di lui, però, non ne era convinta.

"Jane?" urlò, ma il grido si sentì appena al di sopra delle sirene assordanti. "Sei lì dentro?"

Appoggiò l'orecchio sulla porta in attesa di udire dei suoni di qualsiasi tipo.

"Signore?" esclamò una voce accanto a lui. "Deve abbandonare l'edificio."

Storm si voltò e vide un giovane pallido come un lenzuolo. Indossava la divisa degli addetti alla posta.

"Tu lavori qui, vero?" gli chiese Storm, che ignorò del tutto l'ordine di evacuare.

"Sì, ma c'è un codice nero, deve uscire, signore."

"Cosa è successo?"

Il giovane si guardò intorno nervosamente e soffermò lo sguardo impaziente sulla porta delle scale di emergenza. Era chiaramente fuori di sé dal terrore, ma Storm diede il meglio di sé per apparire calmo. "Dimmi cosa è successo, io rimarrò qui finché non arrivano i soccorsi."

"Dovrei essere io a portarli qui," gli spiegò l'uomo.

Senza più un briciolo di pazienza, Storm lo intimò: "Parla."

"Stavamo smistando la posta come al solito, Jane era di fronte al tavolo, poi qualcuno ha spinto un grosso mucchio di lettere verso di lei ed è caduto un pacchetto. Lei l'ha afferrato ed è esploso. Poi ci ha ordinato di lanciare il codice nero ed evacuare l'edificio."

"Dov'è Jane adesso?"

"Lì dentro," gli disse l'uomo con voce tremante. "Non volevo andarmene, ma ero certo che si sarebbe infuriata se non avessi obbedito. C'è stata una prova di evacuazione dopo l'altra e Jane ci ha sempre detto che in caso di pericolo non avremmo mai dovuto soccorrere la persona contaminata, che ci avrebbe pensato la squadra addetta. Crede che sia già arrivata?"

Porca miseria.

Storm doveva andare da Jane, se ne infischiava della squadra anticontaminazione. Non avrebbe permesso che Jane gli morisse davanti agli occhi.

Teoricamente, comprendeva la necessità di isolare chi era stato contaminato, ma non poteva sopportare l'idea che lei potesse essere agonizzante proprio dietro quella porta.

"Hai la chiave?" urlò.

L'uomo annuì e Storm tese una mano impaziente.

Sorprendentemente, l'uomo obbedì e si diresse immediatamente verso la porta. Ovviamente non aveva voluto *davvero* lasciare lì Jane ed era chiaramente sollevato di poterla aiutare.

Una volta aperta la porta, Storm gesticolò verso le scale. "Aspetta fuori che arrivi la squadra e portala qui."

"La aiuti, signore," gli chiese l'uomo, visibilmente preoccupato. "Jane è un ottimo capo e anche una brava persona, non meritava quel pacchetto, non merita tutto questo."

Storm annuì e spalancò la porta, sicuro che il giovane avrebbe chiamato aiuto il prima possibile. Sapeva anche, però, che ci sarebbe voluto del tempo:

nessuno si sarebbe avventurato nell'edificio senza una tuta protettiva e non poteva certo fargliene una colpa; ma in quanto SEAL, Storm non era tipo da aspettare con le mani in mano per eccesso di cautela.

Nel momento esatto in cui aprì la porta, capì immediatamente di cosa fosse composta la bomba. Non si trattava di un vero e proprio esplosivo e neanche di antrace o gas nervino: aveva l'odore del gas CS, di clorobenziliden-malononitrile, in altre parole gas lacrimogeno o spray al peperoncino. Bruciava da morire al contatto, ma non era letale. Provocava ustioni e secrezioni da naso e occhi, alcuni si sentivano davvero male, ma Storm era stato addestrato abbastanza da sapere che la sensazione di morire era solo un'impressione.

Grazie al cielo, non si trattava di un agente fatale.

Si richiuse immediatamente la porta alle spalle, il che allontanò il suono micidiale delle sirene e gli consentì di nuovo di riflettere.

Mentre tossiva per l'agente contaminante ancora presente nell'aria, Storm gridò: "Jane, dove sei?"

Non ricevette risposta, ma riuscì a sentire dei colpi di tosse, allora girò intorno a un grosso tavolo e poi si raggelò. Jane era carponi sul pavimento, con gli occhi strizzati di fronte a del vomito.

Si precipitò su di lei, che sussultò violentemente quando lui le appoggiò le mani sulle spalle.

"Sono io, Storm North," la rassicurò. "Lascia che ti aiuti."

Jane scosse la testa e cercò di dimenarsi da lui. "Veleno," biascicò lei, che si ritrovò di nuovo a tossire.

Gli si strinse il cuore: la donna stava cercando di proteggerlo.

Lui, uno sconosciuto, un SEAL che aveva guardato la morte in faccia innumerevoli volte e l'aveva sconfitta.

Decise di pensare a quei sentimenti un'altra volta e si chinò verso di lei per sussurrarle all'orecchio: "È gas CS, non è veleno, ne sono certo," le spiegò. "So che brucia da matti, ti è arrivato negli occhi?"

Jane annuì e lui non poté trattenere una smorfia di dolore per lei. Durante l'addestramento, aveva sempre indossato una maschera antigas fino a contrordine, il gas non gli era mai andato in faccia, figurarsi negli occhi.

Una volta entrato nella sala smistamento, aveva provato un certo sollievo, ma a quel punto capì che la faccenda era più seria di quanto pensasse.

"Vieni, la squadra anticontaminazione sta arrivando."

Jane annuì e si lasciò aiutare ad alzarsi, ma rimase chinata senza mai toccare Storm in nessun modo:

aveva le mani e il torso ricoperti della sostanza arancio.

Chiunque avesse spedito quel pacchetto ne conosceva benissimo le conseguenze.

Secondo il regolamento federale, era prevista una breve doccia decontaminante nella stazione accanto alla sala smistamento nel seminterrato che, per quanto ne sapeva Storm, non era mai stata utilizzata... fino ad allora.

Aprì il rubinetto, dal quale uscì inizialmente acqua sporca. Presto fu di nuovo limpida, ma Jane sussultò al sentirla scrosciare.

Senza esitazioni, Storm le avvolse un braccio in vita e si mise sotto il getto insieme a lei. Nel giro di qualche secondo, furono entrambi zuppi, ma in quel momento a lui non importava: l'unico obiettivo era lavare via lo spray caustico da Jane.

L'acqua era talmente fredda che lui sentiva Jane tremare sotto le mani, ma lei non si ritrasse. Il muco le scorreva sul viso e aveva anche del vomito sui vestiti, ma entrambi scivolarono via insieme alla sostanza giallastra. Storm aveva decisamente visto di peggio in guerra.

Jane rivolse il viso verso il getto d'acqua, nel tentativo di non soffocare mentre tossiva e si lavava allo stesso tempo.

Nonostante non fosse stato a diretto contatto con

il gas, anche Storm aveva sentito gli effetti dell'aria contaminata: gli lacrimavano gli occhi e sentiva il naso colargli nel tentativo di respingere quel nauseante agente chimico. A ogni modo, ignorò tutto ciò e si concentrò su Jane.

I capelli castani, lunghi quasi fino alle spalle, erano intrisi della sostanza, perciò la aiutò a lavarla via, sebbene ce ne fossero tracce ovunque. "Devi toglierti i vestiti," le disse, nel modo più gentile possibile. "Hai residui di gas dappertutto."

Per un momento Jane sembrò come presa dal panico, ma poi assunse un'espressione apatica. Aveva aperto gli occhi per la frazione di secondo che le era servita per pulirli, ma Storm la percepiva rigida tra le braccia.

Alla fine, Jane annuì e iniziò a sbottonarsi la camicetta.

"Ci penso io," le disse Storm.

All'improvviso, sembrò come se fossero gli unici rimasti sulla Terra, in una situazione più intima di ciò che avrebbe dovuto essere, considerate le circostanze. Le sbottonò velocemente la camicia, la aiutò a toglierla e lei rimase con indosso un reggiseno di cotone bianco fradicio, che tentava inutilmente di nasconderle il seno. Era in carne e aveva tutte le curve nei punti giusti, aveva i capezzoli turgidi e la pelle d'oca a causa dell'acqua fredda.

"Aspetta, ci siamo quasi," la rassicurò lui, che le prese la cintura, la slacciò velocemente e le sbottonò i pantaloni beige. Poi si inginocchiò e la aiutò a tirarli giù; lei si tolse le scarpe e si sfilò i pantaloni.

A quel punto, Storm si rialzò e accantonò quei vestiti, poi si rimise di fronte a lei, ma non sotto l'acqua. Le prese il viso tra le mani e lo inclinò delicatamente verso il getto. "Adesso devi tenere gli occhi aperti il più a lungo possibile, Jane. So che fa male, ma dobbiamo lavare via questa roba."

Lei annuì e strizzò gli occhi tra un colpo di tosse e l'altro, ma diede il meglio di sé per seguire le istruzioni. Storm si rese conto di quanto stesse soffrendo e non poté che ammirare tutto quel coraggio. "Ecco, così, molto bene."

Storm non sapeva quanto tempo fossero rimasti in quella doccia angusta, ma alla fine Jane riuscì a tenere gli occhi aperti per più di mezzo secondo: erano iniettati di sangue e quando lui li guardò, odiò la sensazione che trasmisero.

Vergogna. Imbarazzo.

"Mi dispiace," gli sussurrò lei, presa da un altro violento colpo di tosse.

"Non devi dispiacerti di niente," le rispose con veemenza. "*Niente*. Per quanto mi riguarda, hai gestito benissimo la situazione."

"Non sono riuscita ad arrivare fino alla doccia,"

ammise. "Mi faceva male tutto, ho mandato tutto all'aria."

Storm iniziò a scuotere la testa persino prima che lei finisse di parlare. "No, hai semplicemente seguito le istruzioni che ti sono state insegnate: hai fatto uscire i dipendenti e hai fatto del tuo meglio per contenere le particelle."

"Ho vomitato," bisbiglio.

Storm non sopportava di sentirla tanto a disagio. "È il tuo corpo che si difende dagli agenti contaminanti, non devi vergognartene, Jane. Dovresti vedere i cadetti al campo di addestramento: non li sottoponiamo mai a dosi alte di gas CS come quella che hai affrontato tu, eppure sembra sempre che stiano per morire."

"Sei proprio *sicuro* che sia gas CS?" gli domandò.

"Al novantanove percento," le disse Storm. "Ho riconosciuto l'odore nell'istante esatto in cui sono entrato."

Lei lo guardò con sospetto. "Come sei arrivato fin qui?"

"Uno dei tuoi dipendenti era in corridoio e aveva la chiave."

"Ma lui doveva..."

La frase di Jane rimase in sospeso quando si aprì la porta della sala smistamento ed entrarono tre uomini in tute anticontaminazione. L'unico schermo che li separava da loro era una tenda per doccia del tutto trasparente.

"Oh cavolo," esclamò lei, poi le sfuggì un altro colpo di tosse nonostante cercasse di coprirsi con le braccia.

Senza neanche pensarci, Storm la abbracciò e percepì qualcosa addolcirsi dentro di sé quando lei gli si sciolse tra le braccia, come se grazie a lui si sentisse invisibile ai nuovi arrivati.

Uno di loro aveva in mano un dispositivo per misurare il livello di contaminazione dell'aria, che li avrebbe aiutati a individuare l'agente e le percentuali. Gli altri due erano muniti di una specie di spazzola dal manico lungo.

Storm si irrigidì e si girò di lato, nel tentativo di nascondere Jane alla loro vista.

"Si allontani da lei, signore," gli disse uno degli uomini, con la voce ovattata a causa della tuta integrale.

"Non ci penso neanche," ribatté Storm con ferocia, ma poi fu preso da un forte colpo di tosse.

"Signore, dovete venire entrambi decontaminati prima che possiamo portarvi in ospedale."

Storm conosceva il protocollo, diamine, aveva aiutato a redigerlo chissà quanti anni prima, ma all'epoca gli era sembrata tutta teoria. Sembrava la scelta giusta spazzolare delle persona contaminate per non diffondere degli agenti contaminanti in ambiente ospedaliero, ma stringere tra le braccia una donna tremante e traumatizzata come Jane gli fece chiaramente capire che non era esattamente etico o umano venire lavati e spazzolati in quel modo, come un pezzo di carne lercia.

Porca miseria.

Strinse le braccia intorno a lei, che fece un respiro profondo e si ritrasse. "Va tutto bene," gli disse a bassa voce. Strizzava ancora gli occhi, quindi dovevano farle ancora molto male. "Dobbiamo seguire il protocollo."

Aveva ragione, ma ciò non gli semplificava la situazione.

Storm osservò Jane uscire coraggiosamente dalla doccia e alzare le braccia. Aveva l'intimo talmente fradicio che si vedeva tutto anche da dietro. A denti stretti, Storm poté solo immaginare cosa si vedesse da davanti.

Avrebbe voluto prendere a pugni il tizio con la spazzola.

Invece, agì nell'unico modo che avrebbe aiutato Jane a sentirsi meno in imbarazzo: si spogliò anche lui e la raggiunse, con indosso solo i boxer bianchi.

CAPITOLO TRE

Jane avrebbe voluto morire. Solo qualche ora prima era in brodo di giuggiole per aver parlato con Storm, mentre al momento avrebbe voluto solo sprofondare e sparire. Era stato lui a trovarla carponi, mentre dava di stomaco intrisa di gas CS, il che era già abbastanza imbarazzante. Come se non bastasse, aveva dovuto spogliarla e l'aveva vista in tutta la gloria che poteva avere una cinquantunenne.

Non si aspettava certo di essere in forma come a vent'anni, ma rimanere praticamente nuda di fronte all'uomo per cui aveva una cotta ancora prima di poter conversare come si deve non era il modo migliore per attirarne l'attenzione. Di certo non avrebbe voluto che la spazzolassero come a un autolavaggio, ma era così che funzionava il protocollo.

Quando si era voltata e aveva visto Storm accanto

a sé in boxer, le era quasi venuto un infarto. Lui le aveva rivolto un sorrisetto, aveva scrollato le spalle e qualcosa dentro di lei aveva cominciato a sciogliersi. Non era necessario che si spogliasse anche lui e lo sapevano entrambi: Storm non era lì nel momento dell'esplosione e qualunque traccia di gas era solo un residuo che gli aveva passato lei dai vestiti e dalle mani. Eppure, si era spogliato ugualmente.

Quel gesto fu sufficiente a guadagnarsi lealtà e sostegno incondizionati da parte di Jane di lì all'eternità.

Al momento, si trovava nella clinica della base, avvolta in una coperta enorme e con indosso un camice rimediato da chissà dove, in attesa che la dimettessero.

Le bruciavano ancora gli occhi e non riusciva a smettere di tossire, ma almeno non aveva più la sensazione di poter sputare i polmoni ad un momento all'altro.

L'unità investigativa della Marina stava esaminando il pacchetto nel tentativo di scoprire chi l'avesse spedito. Avevano avvisato l'ammiraglio Creasy e la moglie che la base era stata bersaglio di un pacco bomba, perciò avrebbero adottato delle misure di precauzione fin quando non avessero identificato e arrestato il mittente.

Dato che la sala smistamento sarebbe rimasta in

quarantena fino a nuovo ordine, Jane avrebbe dovuto lavorare più del solito per continuare a svolgere normalmente le attività nella sala temporanea che le avevano assegnato. Era fierissima della prontezza che i dipendenti avevano dimostrato nell'attuare le misure per cui erano stati addestrati, ovvero lasciarla nella sala e andare a chiamare aiuto. La priorità era evitare che l'agente contaminante si propagasse e provocasse danni ad altre persone. Quella volta si era trattato solo di spray al peperoncino, ma sarebbe potuto essere anche antrace o gas nervino.

Nonostante si ritenesse genuinamente fortunata, quelle ultime ore erano state un inferno: aveva seriamente pensato che fosse finita lì, che sarebbe morta. Quando era esplosa la bomba, non aveva avuto che un secondo per rammaricarsi di tutto ciò che si era fatta mancare nella vita, e anche di ciò che aveva avuto. Poi, quando si era accasciata a terra in preda a un dolore lancinante e senza riuscire a respirare, aveva quasi *desiderato* di non uscirne viva.

A peggiorare la faccenda si era aggiunto il fatto che l'uomo che ammirava più di chiunque altro al mondo, e di cui avrebbe voluto attirare l'attenzione, era entrato per trovarla con la faccia ricoperta di muco accanto a una pozza di vomito, impotente.

Eppure... Storm era stato fantastico, era stato forte per lei, aveva preso in mano la situazione e agito con prontezza. Era passato tanto tempo dall'ultima volta che Jane aveva potuto affidarsi a qualcuno. Lei aveva dovuto semplicemente seguire le istruzioni: tra le braccia di Storm si era sentita al sicuro e, nonostante le facesse male da morire aprire gli occhi, gli aveva obbedito, grata di averlo accanto.

Certo, voler pesare quindici chili in meno era ormai inutile, dato che era praticamente rimasta nuda di fronte a lui, ma non poteva lamentarsene se ripensava all'ultimo sguardo che le aveva rivolto, pieno di rispetto e ammirazione.

O magari lei stava delirando e si trattava solo di pietà.

Jane chiuse gli occhi per un po' più di sollievo, si appoggiò allo schienale della sedia e sperò che i medici si sbrigassero con le dimissioni.

Il tempo scorreva lentamente. Le faceva male la testa e avrebbe voluto solo tornare a casa e farsi un'altra doccia, sebbene non si sarebbe mai più sentita davvero pulita. Poi sarebbe crollata a letto, esausta, senza voler più pensare a niente.

Le brontolò lo stomaco, ma lo ignorò. Avrebbe provato a mangiare una mela quando sarebbe rincasata, ma in verità il solo pensiero le dava la nausea.

"Ciao."

Sentì quell'unica parola dolce, ma non poté fare a meno di sussultare violentemente.

Spalancò gli occhi e si ritrovò sulla porta della stanza l'ammiraglio Storm North, che la fissava. Jane non aveva idea da quanto tempo fosse lì, ma aveva la sensazione che non fosse poco.

"Buonasera," gracchiò lei, con la gola irritata dalla tosse, ridicola persino alle proprie orecchie.

Storm la guardò confuso. "Cosa ci fai ancora qui?"

"Aspetto che mi dimettano."

Lui guardò l'orologio. "Sono le otto e mezza."

Jane inarcò un sopracciglio. "Lo so."

"Dannazione," mormorò. "Torno subito."

Troppo stanca per importarsene, Jane richiuse gli occhi e si rilassò di nuovo sulla sedia.

Quando tornò, potevano essere passati cinque minuti ma anche un'ora. "Il medico dovrebbe arrivare a breve con le tue dimissioni."

Jane aprì gli occhi e lo guardò. "L'ha per caso minacciato di portarlo davanti a una corte marziale?"

All'espressione impassibile di Storm, Jane rimase interdetta. "Mi dica di no, la prego."

"No," le rispose lui, che le si avvicinò, si accovacciò di fronte alla sedia e la guardò negli occhi. "Come ti senti?"

Jane scrollò le spalle. "Bene."

Quella parola non gli piacque. "Che ne dici di riprovare con una risposta più sincera?"

Jane sospiro. "Sto bene, signore. Sono solo un po'

stanca, mi fa male la testa e mi bruciano ancora un po' gli occhi, ma domani starò meglio."

"Ti avevo detto che puoi darmi del tu," le ricordò lui.

Quando Jane si leccò le labbra, lo vide seguire quel movimento con lo sguardo, poi le si soffermò di nuovo sugli occhi, ma lei non fu in grado di decifrarne l'espressione. "Non credo che sia appropriato."

"Non lavori per me e non sei nemmeno nella Marina. Dopo tutto ciò che ti è successo oggi, direi che è più che appropriato."

Jane non poteva certo negarlo. "Non ti ho ancora ringraziato," gli disse.

Storm scosse la testa. "Non ce n'è bisogno."

Lei ridacchiò. "Direi di sì, invece."

A quel punto, rimase scioccata quando lui alzò la mano e gliela appoggiò dietro la nuca, con il pollice che le accarezzava dolcemente la guancia. "Ti conosco da tanto tempo, eppure non ti ho mai notata davvero."

Fu un'osservazione talmente delicata che Jane non capì se lui si aspettasse una risposta o se stesse semplicemente pensando ad alta voce. In ogni caso, le venne la pelle d'oca.

"Sono contento di essermi trovato lì," continuò. "Quando ho sentito dell'incidente nella sala smistamento, non potevo pensare a far evacuare l'edificio."

"Perché?" sussurrò Jane.

"Perché sapevo che eri lì a tenere sotto controllo l'emergenza e che avevi bisogno di aiuto."

"Non è stata una mossa astuta," lo rimproverò. "Se si fosse trattato di antrace o qualcosa di peggio, saresti rimasto ferito anche tu."

"Per fortuna non è andata così e tu avevi *davvero* bisogno di aiuto," affermò lui con semplicità. "Non ne ho potuto fare a meno e non so nemmeno spiegare perché. Improvvisamente mi sembra di conoscerti da sempre, ma allo stesso tempo so poco e niente su di te. Dopo aver parlato questa mattina, ho deciso di andarci piano, di conoscerti meglio, forse di chiederti di uscire tra un paio di mesi. Sei bella, divertente, brillante e sai cavartela da sola, tutte caratteristiche che ammiro e rispetto."

"Ciò che è successo oggi mi ha dato una svegliata e mi ha fatto capire che devo prendere in mano la mia vita, so meglio di molti altri quanto possa essere breve. Di solito sono uno che insiste finché non ottiene ciò che vuole, ma credo di dover andare con calma con te. Voglio dire, non ti convincerei mai di essere davvero interessato se ti chiedessi uscire di colpo, dopo tutto il tempo che ci conosciamo, perciò avevo deciso di aspettare... Ma a questo punto, al diavolo."

Jane rimase a fissarlo a occhi sgranati. Diceva sul serio? Non era possibile.

"Ti va di andare a cena fuori domani sera?"

"Con te?" gli chiese di getto.

Lui ridacchiò. "Sì, esatto."

Nel momento in cui lei aprì la bocca per rispondergli che sì, diamine, certo che sì, il medico entrò nella stanza.

Storm si alzò ma non uscì.

"Mi scuso per il ritardo, ho firmato le dimissioni, può andare a casa. Se continuano a bruciarle gli occhi nelle prossime otto ore, le consiglio di ritornare qui, così le diamo di nuovo un'occhiata. Dico sul serio, il gas CS è altamente irritante e lei c'è stata a contatto diretto, non pensi che il bruciore vada via tanto facilmente. Se non si cura come si deve, potrebbe perdere la vista."

Jane annuì. "Va bene."

"Si ricordi di mettere una sveglia ogni tre ore per sciacquarli anche durante la notte. Non se ne dimentichi, signorina Hamilton, è fondamentale. C'è qualcuno che può accompagnarla a casa?"

Jane stava per rispondergli di essere una donna adulta e vaccinata e di poter chiamare un taxi, ma Storm la precedette.

"La porto a casa io."

"Molto bene." Il medico si voltò verso di lui e gli

lasciò il certificato di dimissioni per poi spiegargli nel dettaglio il da farsi nelle successive ventiquattro ore. "Altre domande o dubbi?"

Si rivolse a Storm, il che la infastidì, ma lui si girò a sua volta verso di lei con sguardo interrogativo. Jane scosse la testa, preferiva tornare a casa piuttosto che iniziare una discussione a tema misoginia.

"Perfetto. Di nuovo: torni da noi se avverte più dolore o altri sintomi. Sono davvero felice che stia bene, signorina Hamilton. Inviare pacchi bomba è da vigliacchi, sono molto sollevato che nessuno si sia fatto male." Detto ciò, il medico girò i tacchi e uscì dalla stanza.

Jane mandò un'occhiataccia verso la porta chiusa.

Storm alzò una mano a mezz'aria. "In mia difesa, io non c'entro niente, anzi, è stato un comportamento sessista e inopportuno. Avrebbe dovuto rivolgersi a te, non a me."

Jane sentì la rabbia sparire di colpo. "Non lo sopporto," gli disse. "Voglio dire, considerato da quanto tempo lavoro alla base, avrei dovuto farci l'abitudine, ma non è così. Sono perfettamente in grado di badare a me stessa ed è assolutamente maleducato da parte sua liquidarmi con una pacca sulla spalla e parlare con te."

"Non potrei essere più d'accordo. Pronta ad andare?"

Jane inspirò profondamente. Avrebbe potuto continuare a prendersela col sessismo e la professionalità inesistente del medico, ma non poteva metterne in discussione la bravura, visto che durante la visita le aveva anche pulito gli occhi con grande delicatezza. "Sì, sono pronta," gli rispose. "Ma non devi per forza accompagnarmi, Storm, posso tornare a casa da sola."

"Lo so, ma abitiamo vicini, non c'è problema."

Jane si alzò e lo guardò con sospetto. "Come fai a sapere dove vivo?"

Avrebbe potuto giurare di vederlo arrossire. "Io... ehm... ho cercato il tuo indirizzo prima di venire in ospedale. Immaginavo che ti servisse un passaggio, se ti avessi trovata ancora qui."

Jane non riuscì a trattenere un sorriso. "Bene, allora accompagnami pure."

Mentre uscivano dalla stanza, Storm osservò: "Non accetti favori tanto facilmente."

Jane scrollò le spalle. "Sono stata da sola per molto tempo e ho imparato a sbrigarmela per conto mio. Ho imparato con le cattive che fidarti degli altri ti spezza il cuore."

Mentre superavano la sala d'attesa della clinica, Storm la guardò: "Mi dispiace."

"Non devi, ho superato la rottura col mio ex marito. Come diceva qualcuno ne *Le ali della libertà*:

'O fai di tutto per vivere, o fai di tutto per morire'. Io ho scelto di vivere."

A quel punto, Storm la sconvolse per la seconda volta nel giro di pochi minuti e la prese per mano con tanta nonchalance che sembrò un gesto del tutto naturale e per niente imbarazzante. "Alcuni uccelli non sono fatti per la gabbia," le disse a bassa voce sull'uscita, mentre si dirigevano verso il parcheggio. "Quando volano via, ti si riempie il cuore di gioia perché sai che nessuno avrebbe dovuto rinchiuderli. Anche se il posto in cui vivi diventa all'improvviso grigio e vuoto senza di loro."

Jane si bloccò di colpo, dato che Storm le stringeva la mano si fermò anche lui. "Anche questa frase è da *Le ali della libertà*," constatò lei, anche se non ce n'era bisogno.

"Esatto, il miglior film di tutti i tempi, l'avrò visto un centinaio di volte. Se faccio zapping e mi accorgo che lo stanno mandando, devo guardarlo per forza. Mi emoziono sempre quando Red racconta come Andy Dufresne è strisciato in cinquecento metri di merda e ne è uscito pulito," affermò Storm.

Jane annuì. "Molti non lo trovano un film incoraggiante, ma io sono fermamente convinta che Andy abbia cambiato la vita di chiunque dentro quel carcere." Poi arrossì. "Voglio dire, so che è solo un film, ma..."

"Capisco benissimo," la rassicurò Storm, che le strinse la mano. "Dai, andiamo a casa, devi essere molto stanca."

Senza dire una parola, Jane si lasciò condurre verso l'auto, una Golf berlina blu scuro. Una volta dentro, diretti verso l'uscita della base, Jane non poté fare a meno di prenderlo in giro. "Una Golf? Davvero?"

Storm ridacchiò. "Lo so, ma ha un motore da duecentonovantadue cavalli, praticamente quanto una Mustang. Preferisco non farmi notare, ma riuscire ad arrivare alla svelta quando voglio."

Jane lo guardò per un secondo e si morse un labbro nel tentativo invano di trattenere una risata. Lui era serissimo, ma lei scoppiò a ridere.

Storm le rivolse uno sguardo sorpreso, poi un sorrisetto. Quando Jane tornò in sé, lui le disse sarcasticamente: "Il doppio senso non era voluto."

"Me l'ero immaginato," gli rispose.

"Dovresti farlo più spesso," osservò lui.

"Che cosa?"

"Ridere."

Improvvisamente a disagio, Jane distolse lo sguardo guardando fuori dal finestrino.

"Cavolo, scusa, volevo farti un complimento. È bellissimo che nonostante questa giornataccia tu riesca ancora a trovare un motivo per farti una risata.

Quando sorridi ti si illumina il volto e sei ancora più bella."

Jane si voltò di nuovo verso Storm. Le faceva girare la testa la velocità con cui era passato da uno dei tanti a cui consegnava la posta ogni giorno a uno che flirtava con lei e le aveva chiesto di uscire. Era un comportamento un po' ambiguo, ma anche tanto emozionante che la lusingava. Jane, però, non si sarebbe buttata a capofitto in una relazione con *nessuno*… era troppo in là con gli anni.

"Così mi confondi," ammise a bassa voce.

"Perché?" le chiese senza pensarci due volte.

"Dodici ore fa non sapevi neanche della mia esistenza, mentre adesso…" Non riuscì a concludere la frase.

Storm fece una smorfia. "Sto correndo, lo so, e ti chiedo scusa, ma voglio spiegarti. Sono sempre stato il tipo che si rimbocca le maniche e porta a termine il lavoro, lo sono stato da SEAL e lo sono tuttora come comandante. Spesso mi concentro su una sola attività alla volta, il che non va sempre bene. *Sapevo* di te da parecchio tempo, ma non mi sono mai preso la briga di *conoscerti*.

"Stamattina mi sono reso conto di essere stato un idiota. Sei stata davanti ai miei occhi per tutto questo tempo, ma io ero troppo occupato a lavorare per osservare il mondo che mi circondava. Avevo già deciso di dover cambiare la situazione, di doverti conoscere meglio, poi è scoppiata quella dannata bomba e mi ha dato una svegliata. Sono un uomo molto determinato, Jane."

"E io non sono una missione," si introdusse lei. "Non puoi decidere di desiderarmi e pensare di ottenermi come se niente fosse."

Sorprendentemente, Storm arrossì. "Lo so, lascia che mi spieghi meglio: ci andrò piano comunque, ma volevo dirti direttamente quali fossero le mie intenzioni."

"Quali *sarebbero*, allora?" gli chiese. "Non mi interessano le storielle," affermò. "Ma neanche sposarmi di nuovo. Ci sono già passata e non ha funzionato. Sono troppo vecchia per andare a rimorchiare uomini al bar, anzi, a dirla tutta non ne ho proprio bisogno."

"Ma ne vorresti uno?" le chiese Storm a bassa voce.

Jane lo guardò basita.

"Te lo chiedo perché più vado avanti con gli anni, più mi accorgo di quanto sia rimasto solo. Adoro il mio lavoro, ma quando vado a dormire la sera, mi chiedo sempre come sarebbe avere qualcuno con cui condividere i miei giorni. Sono ben consapevole del tempo che passa e della vita che si accorcia minuto dopo minuto. Prima o poi dovrò andare in pensione e non mi alletta l'idea di passarla in solitudine."

A quelle parole tanto profonde, Jane non poté fare a meno di sentirsi attratta ancora di più dall'onestà di Storm. "Quando ho divorziato, ho pensato che mi sarei risposata, ma col passare tempo, mentre ero alle prese con mia figlia che cresceva, mi sono rassegnata al fatto di rimanere sola per il resto della vita. Comunque, tornando alla tua domanda... mi piacerebbe trovare un uomo da amare di nuovo, qualcuno che mi rispetti e non si aspetti una persona diversa da quella che sono. Mi piacerebbe trovare qualcuno con cui condividere interessi e con cui fare belle chiacchierate, quando saremo vecchi... Beh, più vecchi di adesso."

"Come ne *Le ali della libertà*?" le chiese Storm.

"Esatto," gli rispose Jane. A quel punto, lei si accorse che erano arrivati al complesso residenziale dove abitava.

Storm imboccò verso l'entrata e si voltò verso di lei. "Vieni al lavoro domani?" le chiese.

Jane annuì. "Sì, ci sarà una situazione da pazzi. Dubito che la sala smistamento sarà già pronta, ma la posta continua sicuramente ad arrivare. Dovremo smistare tutto a mano, per non parlare del fatto che ci sarà gente a lamentarsi per la corrispondenza rimasta bloccata nella sala. Devo venire per forza."

"Sapevo che l'avresti detto."

Jane gli diede dei punti bonus per non aver insistito affinché rimanesse a casa a riposare.

"Di solito andiamo al lavoro più o meno alla stessa ora, ti ho vista parcheggiare alla base più di una volta. Dato che la tua auto è rimasta lì, mi piacerebbe passare a prenderti domani mattina... sempre che tu non abbia già altri piani."

Il primo istinto di Jane sarebbe stato di rifiutare, di dirgli che non poteva pretendere di darle un passaggio se poteva benissimo chiamare un taxi.

Ma poi ci ripensò. Aveva una cotta per quell'uomo da mesi, sarebbe stata un'idiota a declinare l'offerta. Magari si sarebbe rivelato un idiota, ma almeno lei se ne sarebbe fatta una ragione e avrebbe potuto superare quell'infatuazione.

O magari non lo sarebbe stato affatto, anzi, avrebbe potuto essere un uomo incredibile, proprio come sembrava.

"Sarebbe bello, grazie," gli rispose alla fine.

Lui le sorrise. "Bene. Per un secondo ho pensato che volessi rifiutare. Sarei dovuto tornare a casa a leccarmi le ferite e trovare un altro modo per passare del tempo con te."

"Beh, ci sarebbe ancora la cena di domani sera," gli disse di getto Jane, che se ne pentì immediatamente. Diamine, forse se ne era dimenticato o aveva cambiato idea.

"Giusto, ma tu non mi hai ancora dato una risposta."

"Non mi piacciono i frutti di mare," gli disse. "Voglio dire, so che viviamo sulla costa, ma non mi hanno mai fatto impazzire."

"Lo terrò a mente," le rispose semplicemente Storm. "Sceglierò un posto con una buona scelta di piatti, ma non mi piacciono i ristoranti di lusso," le confessò. "Soprattutto per un primo appuntamento."

"Per me va bene. Anch'io preferisco magari un agriturismo a un ristorante a cinque stelle."

"Allora usciamo insieme?" le domandò.

Jane annuì.

Lui la guardò dritta negli occhi. "Non te ne pentirai, non ti deluderò, Jane," affermò seriamente.

"Spero di no," gli rispose. "Ma ti avverto: ho una cotta per te da parecchio tempo, quindi devi essere all'altezza delle aspettative."

Jane non riuscì a credere alle proprie parole, anche se non poteva neanche negare che Storm l'avesse fatta sentire del tutto a proprio agio.

Quando lui le sorrise, gli si formarono delle bellissime fossette sulle guance. "Farò del mio meglio." Poi sollevò una mano e le ravviò una ciocca di capelli dietro l'orecchio. Jane avrebbe voluto adagiare la guancia sulla pelle calda della mano di Storm, ma si trattenne.

"Grazie per avermi aiutata oggi," gli disse. "Non so cosa sarebbe successo se non fossi arrivato tu."

"Saresti riuscita a raggiungere la doccia e ne saresti uscita sana e salva, ne sono certo," affermò lui.

Jane non ne era altrettanto sicura, ma le fece piacere sapere che Storm si fidava di lei. "Spero che vedermi quasi nuda non ti abbia traumatizzato." Perché mai l'aveva detto? All'inizio aveva deciso di fingere che non fosse mai accaduto, che Storm North non l'avesse affatto spogliata e tenuta stretta a sé sotto il getto d'acqua. Con quell'uomo, però, non riusciva a tenere a freno la lingua.

Lui le accarezzò una guancia col pollice e le disse: "In quel momento, ero in modalità SEAL e non pensavo ad altro che a lavarti via quella robaccia di dosso e farti riprendere aria. Poi però, quando ho capito che te la saresti cavata, non ho potuto fare a meno di guardarti, tutta bagnata, solo in intimo. Lasciatelo dire, non mi sono mai eccitato tanto in vita mia."

Mentre tentava di ricordare a se stessa di essere una donna matura e non un'adolescente alla prima cotta, Jane gli disse: "Non sono più tanto giovane, il mio corpo ne è la prova."

"Nemmeno io, se è per questo," controbatté lui. "Fidati, il tuo corpo chiede di essere amato, hai delle curve stupende e mi considererei un uomo fortunato se un giorno decidessi di condividerle con me."

Jane apprezzò il modo in cui glielo domandò. "Neanche tu sei niente male," si sentì obbligata a rispondere. "Non c'era bisogno che ti spogliassi anche tu, ma... mi ha fatto piacere."

Rimasero a fissarsi per un lungo istante. Jane non aveva idea di cosa gli passasse per la testa, ma adorava quello sguardo di venerazione che pensava di suscitargli.

"Ti lascio il mio numero, nel caso ti serva qualcosa nella notte o ti peggiora il bruciore agli occhi."

Jane annuì. "Va bene." Tirò fuori il cellulare dalla borsa che le aveva riportato un ufficiale e scrisse il numero di Storm mentre lui glielo dettava, poi gli inviò un rapido messaggio. "Adesso anche tu hai il mio."

"Non dimenticarti di mettere la sveglia per sciacquarti gli occhi," le ricordò lui.

"Certo."

"Se non ti senti bene o ti senti un po' strana, chiamami senza problemi, posso riportarti io in clinica."

"Andrà tutto bene," lo rassicurò Jane.

"Non si può mai sapere," insisté lui.

"Va bene, ti tengo informato."

"Ci vediamo domattina," le disse Storm.

Jane annuì e afferrò la maniglia della portiera, poi

scese dall'auto e rimase per un istante sul marciapiede del complesso residenziale, un po' in imbarazzo ma non dispiaciuta che lui non le avesse aperto la porta o non l'avesse accompagnata sulla soglia di casa. Era tardi e le aveva già dato un passaggio, perciò non lo avrebbe costretto a trovare parcheggio e lasciare l'auto, quando era stata capace di raggiungere la porta di casa da sola negli ultimi vent'anni.

Ciò non le impedì di sentirsi al settimo cielo quando, una volta sull'uscio, si voltò e lo vide ancora lì, a ridosso del marciapiede, ad assicurarsi che arrivasse a casa sana e salva.

Lo salutò con la mano e lui rispose con un cenno del capo. Solo quando lei fu finalmente all'interno, Storm ripartì e si diresse a casa.

Farsi una doccia nel proprio bagno con il sapone di sempre era proprio una bella sensazione. Jane si lavò bene gli occhi ancora una volta solo con qualche dolorino, poi si preparò per andare a dormire. Ignorò lo stomaco che brontolava e si infilò sotto le coperte, per poi abbracciare uno degli otto cuscini che teneva sul letto.

Quel giorno era iniziato come tutti gli altri e poi aveva preso una piega disastrosa, ma a quel punto Jane non poteva che sentirsi emozionata per l'indomani. Avrebbe avuto un sacco di lavoro da sbrigare e avrebbe dovuto rispondere alla stessa domanda un centinaio di volte per assicurare tutti che stava bene, ma niente poteva buttarla giù.

Chissà come, era riuscita a guadagnarsi un appuntamento con *quello* Storm North. Magari le aspettative non avrebbero rispecchiato le fantasie che aveva avuto su di lui tanto a lungo, ma non se ne sarebbe preoccupata. Si sarebbe goduta il momento fin quando avrebbe potuto.

CAPITOLO QUATTRO

Alle 5:32 del mattino successivo, Storm parcheggiò davanti all'appartamento di Jane. Una delle cose che ammirava di lei era l'etica professionale: lavorare sodo non la spaventava e lui lo trovava notevole. Storm si era spaccato la schiena tanto a lungo che ormai era diventato naturale, che si trattasse di presentarsi presto per gli addestramenti o fare gli straordinari senza discutere. Era uscito fin troppo spesso con donne che si erano lamentate di quanto si alzasse presto al mattino o di quanto rincasasse tardi la sera, ma aveva il presentimento che Jane non se ne sarebbe fatta un problema; anzi, forse sarebbe stato lui a dirle di lavorare un po' di meno, in modo da poter passare un po' di tempo con *lui*.

Storm amava il suo lavoro ma, come le aveva detto anche il giorno prima, era consapevole che i giorni da ammiraglio stavano volgendo al termine. Aveva avuto una carriera di tutto rispetto nella marina, ma non poteva lavorare per sempre; d'altronde voleva anche godersi la pensione. Guardare Rocco, Wolf e i membri delle loro squadre che si sposavano e si impegnavano a far funzionare le relazioni in cui si trovavano gli suscitava lo stesso desiderio. Anche se il rapporto con Jane non fosse andato come sperato, Storm avrebbe comunque potuto dire di essere aperto a una relazione.

Tirò fuori il telefono per inviarle un messaggio e dirle che era arrivato, ma non fu necessario, dato che in quel momento lei uscì e lo raggiunse. Dopo che aprì la portiera e si accomodò, lui la squadrò con occhio critico.

"Ciao," gli disse lei allegramente.

Ecco un altro aspetto che gli piaceva di lei: era quasi sempre di buon umore, o almeno così sembrava al lavoro. Lo rendeva felice semplicemente con la sua presenza. "Ciao," le rispose. "Sembra che tu stia meglio, non hai più gli occhi rossi."

"Confermo. Ho seguito le istruzioni del medico e mi sono alzata ogni paio d'ore per sciacquarli. Però con tutto il sonno che ho perso, arriverò a fine giornata come uno zombie," gli disse con un sorrisetto.

Storm la guardò preoccupato. "Se sei troppo stanca, possiamo uscire un'altra sera."

"Oh, no, non stavo... non volevo dire... accidenti," disse storcendo il naso. "Sto bene, Storm, te lo giuro. Quando Rose era ancora una ragazzina, ho passato tante notti in bianco e sono comunque riuscita a venire al lavoro. È tutto a posto."

Più Jane gli accennava alla vita privata, più Storm diventava curioso. "Hai raccontato spesso che tua figlia è stata una peste," affermò con tono incerto, mentre si immetteva nella strada che portava alla base.

"Peste è un eufemismo," gli rispose Jane. "Sicuramente non è stato un periodo facile: si ribellava contro qualunque regola che le davo, credeva che il padre se ne fosse andato per colpa mia, in pratica mi ha odiato fino alla fine della scuola. Pensava che la soffocassi e che non la lasciassi divertirsi, quando in realtà continuava a uscire con degli idioti che davano il meglio per trascinarla nel mondo della droga." Jane scosse la testa. "Mi sarebbe tanto piaciuto avere un rapporto profondo con mia figlia, magari guardarla suonare il flauto con la banda o ricevere una borsa di studio... Invece sono stata la maggior parte del tempo a costringerla ad andare a scuola, per non parlare delle notti passate rannicchiata contro la porta della sua camera, ad assicurarmi che non se ne uscisse di nascosto."

"Cavolo, mi dispiace," le disse Storm.

Jane scrollò le spalle. "Voglio bene a Rose, ma ci sono stati momenti in cui l'ho odiata... non so se mi spiego."

"Certo. Adesso come va tra voi?"

"Tutto bene. Non avremo mai un rapporto perfetto, il che mi rattrista, ma ogni tanto mi chiama e riusciamo a scambiare qualche chiacchiera tranquillamente."

"Bene," le disse Storm.

"Infatti. E tu, sei mai stato sposato?"

"No. Prima che tu me lo chieda, non ho neanche figli. Mentre ero nei SEAL, sono uscito con svariate donne, ma non mi è mai sembrato il caso di impegnarmi seriamente. Ero parecchio fuori casa e onestamente ero completamente preso dal lavoro: non sarei stato un buon marito."

"Adesso la pensi diversamente?"

Storm apprezzò quella domanda. "Sì, perché non sono più attivo sul campo e torno a casa tutte le sere, o quasi. Mi piace il mio lavoro e prendo molto sul serio la sicurezza dei miei uomini, ma non vivo più per le missioni come in passato. Con questo non voglio dire di essere un buon partito o un marito perfetto, ma ho imparato molto nel corso degli anni, per non parlare del fatto che ho grandi esempi intorno a me. Prendi l'ammiraglio Creasy, il mio mentore: è sposato con Brenae da anni e sono ancora innamorati come lo erano il primo giorno. Li ammiro molto.”

“Sicuramente non sarà stato facile.”

“Certo che no. Brenae ha passato le pene dell’inferno, ma non si è mai arresa con Dag, che farebbe di tutto per proteggerla e renderla felice.”

“Esattamente il contrario del mio matrimonio,” affermò Jane.

Il fatto che Jane si stesse aprendo con lui lo emozionava: era bello non parlare solo di argomenti superficiali come il meteo, gli piaceva poterla conoscere meglio e ciò che l’aveva resa una tipa tosta era proprio la questione che gli suscitava più domande.

“Come mai?” le chiese, dato che si era interrotta.

“Jake ha smesso di impegnarsi. Io ero a casa ad aspettarlo con nostra figlia, mentre lui era fuori a divertirsi senza prendersi alcuna responsabilità. Quando tornava a casa, me la prendevo sempre con lui perché mi lasciava da sola e non mi aiutava per niente: più mi lamentavo, più lui si allontanava, fin quando non ha trovato una ragazza più divertente e non deprimente come me.”

“Che comportamento del cavolo,” affermò Storm. “Avrebbe dovuto sapere che un figlio è una grandissima responsabilità e che la coppia funziona solo se entrambi si impegnano. Era solo colpa sua se non ti aiutava e non ti valorizzava, non tua.”

"Se lo dici tu," gli rispose Jane. "A ogni modo, non mi importa. Non so se avrei voluto un matrimonio diverso. Da una parte sì, perché Rose sarebbe cresciuta più felice e avrebbe avuto un'adolescenza più facile; dall'altra no, perché da quando lui ci ha lasciate ne sono uscita più forte. Non credo che avrei questa carriera se fossimo ancora insieme e sicuramente non avrei tanta fiducia in me stessa."

Storm la stimava davvero: Jane riusciva a trovare dei lati positivi anche in situazioni che non lo erano per niente. "Sei eccezionale," le disse a bassa voce. Quando alzò lo sguardo, vide che stava arrossendo, era adorabile.

"Non è vero, sono semplicemente io. Hai saputo più niente dal mittente del pacco bomba?" gli domandò.

Accortosi di averla messa a disagio, Storm si appuntò mentalmente di farle complimenti il più possibile, in modo da convincerla di quanto fosse straordinaria e che non la stava prendendo in giro. "Non ancora l'unità anticrimine si sta impegnando al massimo per rintracciarlo, ma le tue informazioni sull'imballaggio e l'indirizzo saranno molto d'aiuto."

"Non riesco a immaginare chi possa aver voluto spedirlo all'ammiraglio. Certo, lo conosco solo dal punto di vista professionale, ma per quanto ne so è sempre stato rispettoso e gentile con tutti."

"Infatti," concordò Storm. "Ma è anche quello che prende le decisioni più difficili sul personale e sulle missioni, il che gli procura parecchi nemici."

"Pensi che sia stato qualcuno che lavorava per lui?" gli domandò.

"Credo che sia ancora presto per saperlo con certezza, ma persone del genere sono solo codardi incapaci di un confronto faccia a faccia. Potrebbe anche trattarsi di qualcuno che non ha accesso alla base e si è dovuto servire della posta."

"Non ci avevo pensato," osservò Jane, preoccupata. "Credi che adesso sia al sicuro? Non vorrei che qualcuno andasse a cercarlo a casa."

Storm allungò un braccio e la prese per mano, come il giorno prima, quando il gesto era sembrato tanto giusto, tanto normale. Dato che non era un tipo molto espansivo, quando si ritrovò con le dita intrecciate di nuovo a quelle di Jane si sorprese talmente tanto di se stesso che il contatto gli diede come una scossa: non voleva più lasciarla andare. "Dag fa sempre molta attenzione, starà allerta per qualsiasi segnale anomalo."

"Bene."

"Il che mi ricorda che quando la stampa verrà a conoscenza della storia, ti darà un bel da fare."

"Infatti, già me l'immagino," gli rispose Jane, scrollando le spalle. "Mi staranno alle calcagna per qualche giorno per conoscere tutti i dettagli più crudi, ma poi qualche politico dirà qualche cavolata e si dimenticheranno di me."

"Stai attenta, però, intesi?"

"Intesi. Per fortuna, non possono raggiungermi alla base, perciò al lavoro posso ancora nascondermi. Alla fine si scocceranno di appostarsi sotto casa mia."

Storm la guardò, preoccupato all'idea che dovesse vedersela con dei paparazzi solo per rincasare; ma dato che lei non sembrava farsene un cruccio, decise anche lui di non ingigantire la questione. "Se vuoi che ti accompagni, fammi sapere."

"Grazie, ma negli ultimi giorni ho approfittato già abbastanza dei tuoi passaggi."

Mentre si avvicinavano ai cancelli della base, Jane tirò fuori il cartellino dalla borsa, Storm lo prese e lo mostrò insieme alle proprio alle guardie, salutando con un cenno quando li fecero passare. Andò alla ricerca di qualche altro argomento di conversazione e si rimproverò mentalmente quando non ne trovò nessuno. Odiava non essere più tanto allenato a parlare con le donne.

Parcheggiò di fronte all'edificio dove lavoravano accanto all'unica altra auto presente (quella di Jane), poi spense il motore. "Non ti sforzare troppo oggi," le disse premurosamente.

Lei gli rivolse un sorriso appena accennato. "Non te lo posso garantire."

"Lo so, è un punto che abbiamo in comune, ma ti avverto: quando una volta mi hanno sparato in missione e sono tornato al lavoro prima di quando mi aveva ordinato il medico, ho finito per dovermi assentare per un altra settimana e mezzo perché mi si è infettata la ferita e sono stato di nuovo malissimo."

"Guarda che non mi hanno sparato," gli rispose Jane a bassa voce. "Sto bene."

"Lo so, ma il gas CS non è una passeggiata e ti è arrivato pure dritto in faccia. Vacci piano, va bene?"

Lei annuì, poi dopo qualche secondo aggiunse: "Che strano."

"Che cosa?" le chiese Storm, dato che si era interrotta.

"Avere qualcuno che si preoccupa per me. Voglio dire, sono stata da sola per molto tempo e me la sono cavata con qualsiasi ostacolo la vita mi abbia messo di fronte, perciò per me è insolito che qualcun altro si preoccupi che stia bene."

"Beh, per me è importante," la rassicurò Storm. "So che ci stiamo ancora conoscendo, ma non ti avrei invitata a uscire se non avessi voluto rendermi conto di come potrebbe evolvere il nostro rapporto. Conoscerti sarà impossibile, se svieni nel bel mezzo della giornata, capito?"

Storm adorò sentire la risata di lei. "Capito."

Non riusciva a capire come avesse fatto a non notarla per tanto tempo: ora che ce l'aveva davanti agli occhi, non riusciva a staccarglieli di dosso, pensava solo a lei.

"Andiamo: se rimaniamo ancora seduti qui, cominceranno a farsi delle domande," affermò lei.

"Magari potremmo dargliene una buona ragione," le suggerì Storm senza pensarci due volte.

Lei impiegò qualche secondo per reagire, poi scoppiò di nuovo a ridere. "Niente baci al primo appuntamento," gli disse con l'occhiolino. "Ma forse domani…"

Jane gli piaceva sempre di più, dopo ogni parola che pronunciava. Capì che lo stava anche avvisando di non aspettarsi niente dopo l'appuntamento di quella sera, mossa intelligente da parte di Jane. Storm era del tutto d'accordo, anzi, si stava godendo quel corteggiamento, anche se era iniziato da solo un giorno.

"Mi piaci, Jane Hamilton," le disse di getto.

Lei arrossì e gli rispose a bassa voce: "Mi piaci anche tu, Storm North."

Poi scesero entrambi dall'auto e si incamminarono fianco a fianco verso l'edificio per andare al lavoro.

———

Quella giornata era stata tremenda, ma non era né la prima né l'ultima.

Jane non aveva avuto un minuto di respiro dal momento in cui aveva messo piede nella stanza di smistamento provvisoria fino all'istante in cui l'aveva lasciata, alle cinque del pomeriggio. Di solito, quando doveva recuperare arretrati, lavorava fino a tardi, ma le faceva male la testa... e doveva anche prepararsi per un appuntamento.

Qualche ora prima, Storm le aveva scritto per chiederle conferma e lei non se l'era sentita di rimangiarsi la parola. D'altronde, voleva davvero andare a cena con lui, voleva conoscerlo meglio. Più stavano insieme, più *desiderava* passare il proprio tempo con lui. Avrebbe potuto decisamente spezzarle il cuore molto peggio di Jake, ma doveva comunque rischiare. Dopo tutto, si trattava di *Storm*, l'uomo che aveva desiderato da quelli che le sembravano secoli: non gli avrebbe detto di no.

La sala smistamento sarebbe stata di nuovo operativa l'indomani: dopo che l'unità anticrimine aveva concluso le indagini, c'era stata una pulizia molto approfondita per lavare via l'odore persistente del gas CS. Jane non vedeva l'ora di tornare alla normalità, anche se sarebbero stati in allerta per parecchio tempo alla ricerca di altri eventuali pacchi bomba consegnati alla base.

Per il momento, comunque, Jane era impaziente di andare all'appuntamento. Dato che non ne aveva uno da molti anni, si ritrovò di fronte all'armadio a chiedersi cosa diavolo mettersi. Non voleva dare un'impressione da disperata, ma non voleva neanche far intendere che non gliene importasse niente.

Alla fine, optò per i suoi jeans preferiti e una maglia nera a maniche lunghe con scollo a V e spalle scoperte. La faceva sentire sensuale e sicura di sé, senza darle la sensazione di essere vestita troppo o troppo poco. Non aveva idea di dove l'avrebbe portata a cena Storm, ma quel look si prestava sicuramente a qualsiasi tipo di posto.

Storm si era offerto di andarla a prendere e lei aveva accettato, anche se si sentiva in colpa per tutti quei passaggi.

Non fu sorpresa quando lo sentì bussare cinque minuti in anticipo. Anche lei era sempre pronta prima dell'orario stabilito, di qualsiasi occasione si trattasse: le piacque trovare quel punto in comune con lui.

"Ciao," gli disse aprendo la porta. "Sono pronta, prendo la borsa."

"Sei bellissima," le disse Storm, dopo averla squadrata dalla testa ai piedi.

Jane era sicura di stare arrossendo, ma non le importava. "Anche tu stai molto bene. Voglio dire, sei bellissimo anche tu." Proprio così: indossava un paio di jeans che gli fasciavano le cosce muscolose; Jane era abituata a vederlo in uniforme, perciò quel look casual gli dava un tocco estremamente sexy. Inoltre, portava una polo celeste che gli metteva ancora più in risalto gli occhi color nocciola.

Storm avanzò di un passo, le poggiò una mano in vita e si chinò in avanti per darle un bacio leggero sulla guancia, poi si ritrasse.

"Hai un ottimo profumo," gli disse lei di getto, poi fece una smorfia.

Storm si limitò a sorridere. "Grazie. Questo pomeriggio ho lavorato con una delle squadre ed ero troppo sudato per il nostro appuntamento, quindi mi sono fatto una doccia prima di venire a prenderti."

"Apprezzo il pensiero," lo prese in giro lei. "Magari a qualcuna piace sentire la fragranza naturale, ma non a me."

"Bene, lo terrò a mente," le disse. "Anche tu hai un buon profumo."

"Grazie, ho messo la crema corpo."

Rimasero a fissarsi all'ingresso dell'appartamento per un bel po', poi lei esordì: "Prendo la borsa, poi possiamo andare."

Solo in quel momento Storm decise di ritrarsi e Jane non poté fare a meno di pensare alla chimica incredibile che c'era tra loro. Sembrava come se, da quando aveva deciso di corteggiarla, Storm ci stesse mettendo tutto se stesso: era talmente concentrato e profondo che ricevere quelle attenzioni era davvero una bella sensazione.

Jane aveva anche il presentimento che la cotta che aveva avuto per lui per tanto tempo non fosse niente in confronto a quanto poteva affezionarsi a lui. Se percepiva quel livello d'attrazione dopo solo un giorno, non aveva idea di quanto sarebbe diventato intenso quel sentimento, se avessero continuato a frequentarsi.

Decisa a godersi il momento, Jane scosse la testa, afferrò la borsa e tornò da Storm. Da vero gentiluomo, non si era addentrato nell'appartamento e la aspettava ancora sulla porta. Il clima era abbastanza caldo da poter rinunciare a giacca o cardigan, considerato anche che lei indossava una maglia a maniche lunghe. A quel punto, uscirono entrambi e Jane chiuse la porta a chiave.

Quando Storm le strinse la mano per condurla verso l'ascensore, lei non poté fare a meno di sentire un formicolio al contatto. Una volta in viaggio, interruppe il silenzio e gli chiese: "Allora, dove mi porti stasera?"

Storm apparve nervoso per la prima volta. "Volevo proprio parlartene... Dato che stamattina mi hai detto di essere stanca e di dover lavorare il doppio per recuperare la posta arretrata, ho pensato che potesse piacerti qualcosa di semplice."

"Va benissimo," rispose lei sincera.

"Hai avuto problemi con la stampa?" le chiese. "Non ho visto nessuno fuori casa tua."

"No, tutto normale. Oggi le pubbliche relazioni hanno rilasciato un comunicato in cui venivo citata come quella che ha preso il gas lacrimogeno in faccia. Quando sono tornata a casa, c'erano alcuni giornalisti in giro, ma non ho detto più di qualche parola. Credo che siano più interessati all'ammiraglio, dato che era il destinatario della bomba. Mi dispiace molto per lui, ma sono anche contenta per me," ammise Jane con un sorriso.

"Dag se la caverà, non preoccuparti. Sono felice che non ti tormentino."

"Anch'io."

Jane non si rese conto che Storm non l'aveva informata della destinazione fin quando non entrarono nel parcheggio di una serie di villette a schiera molto curate e non lontane dalla base. Storm si sistemò in uno stallo, spense l'auto e si voltò verso di lei. "Forse esagero, ma avevo pensato di poter cucinare io per te, così puoi rilassarti senza preoccuparti di gente che ci interrompe la cena."

"Succede spesso?" gli domandò Jane, curiosa.

"Che cosa?"

"Che ti interrompano durante un appuntamento."

"Beh, non ne ho uno da parecchio tempo, ma è successo un paio di volte. Stasera voglio solo un po' di relax, hai passato dei giorni difficili, ma se ti mette a disagio, possiamo andare da qualche altra parte."

Jane scosse la testa. "No, va bene così, ma prima di entrare ho una domanda."

"Dimmi, puoi chiedermi tutto," le incitò Storm.

"Sai cucinare?"

Lui sorrise. "Sì, Jane, so cucinare."

"Bene, perché io per niente. Passerò la serata da te, ma prima ero seria: niente baci al primo appuntamento."

"Con me non hai niente da temere," le disse Storm fermamente. "Non ti farei mai pressioni, se non vuoi."

"Grazie. Sarò anche vecchia, ma sono ancora attenta alla mia sicurezza," gli spiegò.

"Non sei vecchia, e poi non ho problemi sulla questione, anzi, magari vuoi chiamare qualcuno e avvisare che sei qui, giusto per stare tranquilla."

Jane apprezzò molto quella proposta. "Ho già detto a mia figlia dell'appuntamento, quindi sa chi sei e dove lavori e tra poco le mando un messaggio con l'indirizzo. Magari non gliene importa niente, ma almeno l'ho avvertita, così se mi ritroveranno a pezzi sparsi per tutti i cassonetti della città, si saprà chi era l'ultima persona che mi ha vista viva." Gli rivolse un sorriso per fargli capire che stava scherzando... più o meno.

Tutt'altro che offeso, Storm le sorrise a trentadue denti. "Molto bene. Allora andiamo, devo preparare la cena. Non ho voluto cominciare prima di venirti a prendere perché non sapevo se volessi andare al ristorante."

Jane non gli diede tempo di raggiungerla da quel lato dell'auto per aprirle la portiera, ma Storm aspettò comunque che scendesse e la prese di nuovo per mano. Ci si era abituata in modo preoccupante, senza contare il fatto che Storm camminava un passetto avanti a lei, come se volesse proteggerla da eventuali attacchi esterni.

La condusse verso l'ultima villetta di una serie e non le lasciò la mano neanche per aprire la porta. A quel punto la fece entrare, lasciò le chiavi in uno svuotatasche su un tavolino all'ingresso e si girò verso di lei. "Quando sei stanca, dimmelo e ti riporto a casa."

"Grazie."

La guardò per un momento, poi con un sorriso quasi rassegnato le disse: "Più tempo passo con te, più mi sento a mio agio: mi sembra una follia."

"Per me è lo stesso," lo rassicurò lei.

Storm le portò una mano sul viso e le accarezzò

una guancia col pollice. "Hai ancora gli occhi un po' rossi, ci vedi bene? O ancora un po' appannato?"

Jane sentì il cuore sciogliersi per quella premura. "Sto bene, il medico ha detto che il rossore andrà via tra un paio di giorni."

"Non sopporto che ti sia successo," le disse a bassa voce. "E non sopporto i bulli. Non saprei come altro definire l'idiota che non ha avuto le palle di vedersela direttamente con Dag."

Per un secondo, Jane intravide l'incredibile SEAL che Storm doveva essere stato. Aveva lo sguardo talmente duro che se fosse stata lei l'obiettivo di quella rabbia se la sarebbe fatta sotto, ma quella vena di furia e pericolosità sparì subito. "Scusa, non volevo risollevare la questione."

"Non preoccuparti. Se dovessi essere di nuovo bersagliata da un attacco del genere, ti voglio assolutamente al mio fianco. Mi sembri uno tosto, Storm."

Lui sorrise e scosse la testa. "Spero che non vedrai mai quella parte di me: ho compiuto gesti nella mia vita di cui non vado tanto fiero, ho ucciso molta gente e ho fatto del mio meglio per lasciarmi tutto alle spalle."

"Non credo che ti faccia bene dimenticarlo: devi imparare a conviverci e andare avanti. Per quel che vale, sappi che ti rispettano tutti, perlomeno dalle mie parti. Non ti comporti mai male con i dipendenti e non li guardi dall'alto in basso, nonostante siano semplici impiegati; secondo me è importante. Voglio dire, è tutta un'altra storia uccidere gente, magari erano tutti sporchi terroristi e se lo meritavano, però tu sei una persona buona e si vede, a prescindere dal tuo passato."

"Ti ringrazio," le disse. "Comunque, tu e la tua squadra non siete dei 'semplici' impiegati. Lavorate sodo ed è anche grazie a voi che alla base fila tutto liscio."

"Vedi che sei un bravo ragazzo?"

"Tranne quando minacciano persone che rispetto e a cui voglio bene."

"Certo," gli rispose con un sorriso. "In quel caso voglio che li prendi tutti a calci come un vero duro."

Quando Storm scoppiò a ridere, Jane fu contenta di sentirlo meno teso.

"Dunque, mi hai detto di non saper cucinare: come te la cavi invece a tagliare?"

"A parte quella volta che mi sono quasi mozzata un dito, direi abbastanza bene," rispose lei, che non poté trattenere una risata allo sguardo inorridito di Storm. "Tranquillo, sto scherzando!" lo rassicurò. "Comunque, non mi batte nessuno a tagliare."

"Forse è meglio che ti metta a preparare l'insalata," osservò lui, che le avvolse un braccio in vita e le diede un breve abbraccio per poi condurla in cucina.

Tutta sorridente, Jane si rese conto che nell'ultimo anno non aveva riso tanto quanto in quel paio di giorni. Nonostante il gas lacrimogeno, non era così felice da tanto tempo.

La faceva sorridere anche solo stare con Storm.

Ti prego, non giocare con me, sperò tra sé e sé, mentre lui la faceva accomodare su uno sgabello e le andava a prendere un ciuffo di lattuga da farle preparare.

Storm osservò la donna che gli dormiva accanto e sorrise.

Erano anni che non si divertiva tanto come quella sera. Jane aveva condito l'insalata mentre lui le bistecche che aveva comprato prima di andarla a prendere. Mentre cucinavano avevano parlato di tutto, dall'infanzia all'odio comune per il traffico nella California del sud.

La conversazione era proseguita tranquillamente, senza silenzi imbarazzanti. Lei si era subito offerta di aiutarlo a lavare i piatti ed era scoppiata a ridere nel vedere le buffe tazze che Storm aveva collezionato negli anni.

Dopo cena, si erano accomodati sul divano per guardare *Le ali della libertà*, ovviamente. Lei, però, si era addormentata nel giro di qualche minuto. Storm sapeva di doverla svegliare e portare a casa, ma gli piaceva stringerla mentre dormiva. Gli aveva poggiato la testa sulla spalla e non si era opposta quando le aveva messo un braccio sulle spalle.

Storm non aveva la più pallida idea del perché Jane lo facesse sentire tanto bene. Aveva partecipato a tanti primi appuntamenti, ma nessuno era stato tanto soddisfacente, forse perché non c'era la pressione di fare subito sesso. Lei era stata più che chiara sul punto e, onestamente, era stato un sollievo. Storm desiderava un legame profondo e Jane lo stava rendendo possibile.

Sullo schermo della TV partì la scena in cui Andy Dufresne metteva su musica lirica, che risuonò per tutto il salotto e svegliò Jane.

"Cavolo, mi sono addormentata," mormorò.

Storm non riuscì a trattenere un sorriso. "Eh sì," confermò.

"Che maleducata, avresti dovuto svegliarmi."

"Per niente al mondo. Hai avuto due giornatacce e poi non mi dispiace stringerti un po'," le disse Storm, che adorò vederla arrossire.

"Vuoi che ti riporti a casa?" le domandò.

Rimase piacevolmente colpito quando lei scosse la testa. "Non ancora, se per te va bene, sto davvero comoda e non siamo neanche arrivati alla parte migliore del film. L'ultima scena con la narrazione di Red che chiude il tutto è la mia preferita."

"Certo che mi va bene," la rassicurò lui.

"Mi racconti delle tue squadre?" gli chiese.

"Wow, così, dal nulla?" la prese in giro.

Jane ridacchiò. "Sì, la mia mente ogni tanto è strana. Tempo fa mi hai parlato dei tuoi uomini, che sono riusciti a mantenere delle relazioni pur essendo nei SEAL, il che mi ha fatto ripensare all'episodio nel parcheggio del nostro edificio, quando quella pazza ha provato a sparare a un SEAL e la ragazza è strisciata sotto le auto per afferrarle la caviglia. Ho anche riflettuto sul fatto che deve essere stato difficile punire Phantom per averti disobbedito ed essere andato dall'altra parte del mondo a salvare quella ragazza, anche se non stavano ancora insieme all'epoca. Al che ho pensato anche che deve essere complicato essere sia il capo che un amico per loro."

Storm ridacchiò, gli piaceva capire meglio come funzionasse la mente di Jane. Si sistemò un attimo sul divano e gongolò quando Jane gli si rannicchiò ancora di più contro. "Non so da dove iniziare," ammise.

"Con quante squadre lavori?"

"Tre, che non sembrerebbero tante, se non fosse che devo indagare nei minimi dettagli i posti in cui vengono inviate, in modo da non farle arrivare con informazioni insufficienti. È un lavoro molto impegnativo: anche quando una squadra è in missione, devo continuare a cercare parti del mondo in cui poter inviare le altre due, per non parlare della burocrazia e dell'assistenza che dobbiamo dare alle famiglie per qualsiasi evenienza. Diciamo che mi tengono occupato."

Jane fece una smorfia. "Eufemismo dell'anno," disse sotto i baffi. "Che mi dici invece della squadra coinvolta nell'incidente del parcheggio?"

"Sai già che era Phantom il bersaglio. Una donna con cui era uscito è diventata ossessionata da lui e ha deciso che, se non poteva averlo lei, non l'avrebbe avuto nessuna. Per fortuna, siamo riusciti a risolverla in fretta senza feriti."

"Ho saputo che non gli hai dato una punizione tanto severa... È stata una decisione difficile per te?"

"Per niente," le disse Storm. "È andato da Kalee senza rinforzi e sarebbe potuta finire davvero male: è stato stupido da parte sua, perché sarebbe potuto rimanere ferito; però ti confesso che mi sarei comportato allo stesso modo, alla sua età. È stato orribile che una giovane donna fosse stata abbandonata all'estero, ma senza il consenso del governo di Timor Est avevamo le mani legate."

"Adesso sta bene, vero?" gli domandò.

Storm annuì. "Sì, è una ragazza fantastica. Sono fierissimo di Phantom e sono contento che tra lui e

Kalee funzioni: merita di avere accanto una donna forte come lei. Rocco, Gumby, Ace, Bubba, Rex... tutti loro lo meritano, sono dei grandi uomini che eseguono qualunque tipo di ordine senza discutere. Sono felice che abbiano qualcuno ad aspettarli a casa."

"Ce l'avevi anche tu, quando tornavi dalle missioni?" gli chiese.

Storm sospirò. "Non proprio. Ho avuto delle donne ogni tanto, ma nessuna di loro ha potuto sopportare la riservatezza che implica il mio lavoro. Non erano particolarmente entusiaste di non sapere dove fossi, quando sarei tornato o che non potessi parlare delle missioni, una volta a casa. Alcune pensavano che le stessi addirittura tradendo, altre si erano semplicemente scocciate di non potermi vedere."

"Che ingiustizia," gli disse Jane a bassa voce.

"È andata così," affermò Storm obiettivamente. "Se devo essere onesto, era quasi sempre un sollievo, quando mi lasciavano. Non posso dire di essere stato un fidanzato modello e non era giusto dare loro tanto dolore e preoccupazione perché facevo parte dei SEAL. Per questo sono orgogliosissimo dei miei uomini: non è facile essere uno di loro e avere una famiglia."

Storm abbassò lo sguardo e vide che Jane lo studiava attentamente. "Che c'è?" le domandò.

"Sembra... sembra che tu ti sia rassegnato a rimanere single."

Storm ci rifletté un attimo. "In un certo senso sì. Voglio dire, non lavoro più sul campo, ma sono occupato tanto quanto lo ero da giovane. Nonostante non sia in prima linea a combattere, sono assorbito dal lavoro come in passato. Rimango alla base fino a tardi e non so se c'è qualcuna disposta ad accettarlo."

Avrebbe voluto rimangiarsi quelle parole non appena le aveva pronunciate, ma ormai era troppo tardi.

"Quando mio marito mi ha lasciata, ero talmente occupata a rimanere a galla e a mantenerci un tetto sopra la testa che non avevo neanche il tempo di pensare agli uomini. Poi, quando Rose ha attraversato quel periodo complicato, riuscivo a concentrarmi solo su di lei. Ho continuato a preoccuparmi per lei anche dopo anni che si è trasferita, perché ero certa che fosse ancora in giri pericolosi come quello della droga. Solo negli ultimi cinque anni mi è tornato il desiderio di condividere di nuovo la mia vita con un uomo."

"Però alla mia età non è semplice trovare qualcuno che voglia una relazione seria come lo era quando avevo vent'anni. Gli uomini con cui sono uscita volevano solo una donna più matura che pagasse tutto in modo che potessero rimanere tutto il giorno a casa davanti alla TV, oppure si scocciavano subito per il fatto che non avessi *bisogno* di loro. Mi sono abituata a farmi compagnia da sola e guadagno abbastanza da vivere decentemente, molti ne sono spaventati."

"Io no," le assicurò Storm. "Anzi, è un sollievo. Voglio dire, sono contento che tu hai i tuoi soldi e riesci a badare a te stessa."

Si scambiarono un veloce sorriso.

"Mi dispiace solo di averci messo tutto questo tempo a notarti," ammise Storm.

Jane scrollò le spalle. "Forse non era il momento giusto."

"Forse," concordò Storm. "Comunque sono felice di essermi dato una svegliata, l'altra mattina. Quando ho sentito che eri in pericolo, ho pensato solo a come raggiungerti."

"Che imbarazzo," confessò Jane.

"Perché?"

"Come sarebbe perché? Perché mi hai trovata in ginocchio, avevo appena vomitato e mi colava il naso senza sosta, per non parlare del fatto che mi sono dovuta spogliare davanti a te. Non era esattamente così che volevo mi *notassi*."

"Vuoi davvero sapere cosa ho visto quando sono entrato nella sala smistamento?" le chiese Storm.

"No," gli rispose, mentre però annuiva col capo.

Storm le sorrise, poi divenne di nuovo serio. "Ho visto una donna che senza pensare a se stessa ha messo in salvo tutti i dipendenti, una donna che si è piegata ma non si è spezzata. Fidati: la prima volta che ho respirato gas lacrimogeno, ho reagito molto peggio di te... e non mi era neanche venuto in faccia."

Lei lo guardò incredula.

"Davvero," insisté lui. "Sembrava che dovessi sputare un polmone e me la sono pure fatta sotto."

Storm adorò il sorriso che Jane cercava di trattenere. "Sul serio?"

"Eh sì." Poi le portò una mano sotto il mento e le inclinò il viso in modo che potesse guardarlo. "Non devi sentirti in imbarazzo, perché la tua reazione è stata del tutto normale: ti farei vedere i ragazzi durante l'addestramento, alle prese con il gas lacrimogeno, così potresti farti un'idea. Inoltre, nonostante non fossero esattamente il momento e il posto più azzeccati, non hai niente da temere per quanto riguarda il tuo corpo."

Lei gli rivolse una smorfia sbigottita.

"Guarda che è vero. Jane, hai tutte le curve al posto giusto... Non c'è niente che ami di più della morbidezza di una donna contro il mio corpo duro." Storm era consapevole della crudezza di quelle parole, che peraltro potevano essere interpretate in più modi, ma erano comunque oneste. Era stato abbastanza con donne dal cosiddetto 'corpo perfetto', motivo per il quale voleva una donna *vera*, una che non avesse paura del cibo, una in cui poter affondare le dita. Jane corrispondeva perfettamente alla descrizione.

"Il mio ex diceva sempre che ero come tante," confessò.

Storm le accarezzò delicatamente la guancia. "È stato un idiota, visto il modo in cui ti ha tradito e ha lasciato te e tua figlia a voi stesse."

Rimase immobile fin quando i loro sguardi non si fusero. Non aveva idea di cosa stesse pensando lei, ma sperò di non essere stato troppo schietto, troppo aperto.

Quando Jane si voltò di nuovo verso la TV con un sospiro e si rannicchiò di nuovo contro di lui, Storm fu notevolmente sollevato.

"Che follia," bisbigliò lei. "Ho avuto una cotta pazzesca per te per un sacco di tempo... Non mi sembra neanche reale quello che sta succedendo."

Storm sorrise. "Io mi sono dato una svegliata solo ora," le ricordò.

Quando Jane ridacchiò, lui si rilassò ancora di più.

Si concentrarono entrambi di nuovo sul film per guardare la scena preferita di Jane: Red che raccontava come Andy fosse evaso di prigione. Solo quando Red camminava lungo la spiaggia messicana verso il vecchio amico, Jane alzò di nuovo lo sguardo verso Storm. "Questo film non invecchia mai."

"Esatto," concordò Storm.

Mentre passavano i titoli di coda, Jane si lasciò sfuggire un grosso sbadiglio.

"Credo sia proprio ora di portarti a casa," affermò Storm. Non voleva che se ne andasse, ma l'indomani sarebbero dovuti andare entrambi al lavoro e lei era senza dubbio esausta.

"Grazie per la cena," gli disse quando si alzarono.

"Figurati, grazie a te."

"Ti proporrei di ricambiare, ma già sai che non so cucinare."

Storm apprezzò il messaggio espresso tra le righe e non riuscì a non prenderla un po' un giro. "Mi stai per caso chiedendo un secondo appuntamento?"

"Non so, in quel caso accetteresti?"

"Certo che sì, diamine."

"Allora sì, te lo sto chiedendo."

"Bene, perché non vedo l'ora."

"Anch'io," gli rispose Jane timidamente.

"Andiamo, Cenerentola, meglio che ti riporti a casa prima che ti trasformi in una zucca."

"Stai facendo un po' di confusione tra le favole, credo," gli disse con una risatina.

Dato che non poteva importargliene di meno, Storm si limitò a sorridere.

Dopo averle tenuto la mano durante l'intero tragitto, accostò lungo il marciapiede, scese dall'auto e l'accompagnò alla porta; poi le prese di nuovo la mano, se la portò alla bocca e vi lasciò un bacio. "Grazie per essere venuta da me," le disse.

"Grazie a te per l'invito."

"Dormi bene."

"Credo proprio che ci riuscirò," gli rispose con un sorriso appena accennato.

"Ci vediamo domani mattina?" le domandò.

Jane annuì. "Penso di sì. Domani dovremmo rientrare nella sala smistamento, perciò ci sarà un bel po' di caos fin quando non riprendiamo il ritmo e recuperiamo i pacchi e le lettere arretrati."

"Non sforzarti troppo," la avvertì Storm.

"Potrei dirti lo stesso," controbatté lei.

Storm le strinse la mano, poi la lasciò e fece un passo indietro. Voleva baciarla davvero tanto, ma rispettò la sua volontà. "Ti scrivo," le disse.

Jane annuì.

"Entra dentro, tesoro," le ordinò.

Dopo un ultimo lungo sguardo, lei si voltò ed entrò, per poi rivolgergli un piccolo adorabile cenno della mano e dirigersi verso l'ascensore, così Storm tornò in auto. Durante il tragitto verso casa, ripensò alle ultime ore, a quanto gli aveva fatto piacere la compagnia di Jane. Era... rassicurante, al punto da non fargli sentire il bisogno di intrattenerla costantemente o mantenere la conversazione. Qualunque silenzio ci fosse stato era sembrato naturale, giusto.

Come tutto il resto che c'era tra loro, d'altronde. Storm avrebbe dovuto esserne spaventato a morte, invece era sempre più determinato a conoscerla meglio. Nonostante fossero passati anni da quando l'ex l'aveva lasciata, lui non poteva fare a meno di definirlo un cretino, ma doveva farsene una ragione, dato che aveva avuto una chance con Jane grazie al comportamento idiota dell'ex.

Storm non aveva idea di come, da scapolo convinto, avesse potuto innamorarsi di una donna nel giro di un giorno e mezzo. Tuttavia, non ci avrebbe rimuginato: era stato miracolato fin troppo spesso nella vita per mettere in dubbio il tempismo di ciò che gli succedeva.

Per la prima volta da molto tempo, Storm era emozionato per qualcosa che non fosse il lavoro. Non sapeva cosa serbasse il futuro per lui e Jane, ma si sarebbe impegnato al massimo per essere il gentiluomo che lei meritava.

CAPITOLO CINQUE

Jane diede uno sguardo al cellulare e sorrise leggendo il messaggio che le aveva appena inviato Storm. Dopo due settimane dal primo appuntamento, erano riusciti a rivedersi solo un'altra volta, ma si erano scritti e sentiti per telefono tutti i giorni.

Storm: Ho venti minuti liberi prima della prossima riunione... Ti andrebbe di passare dal mio ufficio a portarmi la posta? :)

Gli ultimi tempi erano stati frenetici per entrambi: Jane si stava ancora riprendendo dall'esplosione ed era alle prese con maggiori misure di sicurezza che prevedevano di esaminare scrupolosamente la posta in arrivo; Storm, invece, stava facendo gli straordinari per garantire la sicurezza di una delle squadre in missione e fornirle tutte le informazioni possibili.

Un giorno erano stati liberi entrambi per la pausa pranzo, perciò avevano deciso di organizzare il secondo appuntamento alla mensa della base. Non era stato soddisfacente e rilassante come quello a casa di Storm, ma Jane adorava comunque osservarlo in ambiente lavorativo, con quella divisa mimetica blu che le faceva un certo effetto. Era un uomo affascinante e rispettato da chiunque. Visto che lei non era altro che un'impiegata postale, dieci anni prima forse si sarebbe vergognata di farsi vedere con lui, ma divenuta più saggia con l'età, poteva solo andarne fiera.

Prese un pacco di lettere e di plichi indirizzati a Storm e avvisò i dipendenti che sarebbe stata via per un po'. Dopo l'incidente, il legame tra i colleghi sembrava essersi rafforzato: sapevano tutti che chiunque di loro avrebbe potuto trovarsi al posto di Jane e col passare del tempo sembravano sempre più attenti l'uno all'altro.

L'unità anticrimine li aveva interrogati a uno a uno, ma era ancora lontana dal trovare il colpevole.

A ogni modo, Jane accantonò quei pensieri e salì le scale che la conducevano all'ufficio di Storm.

Salutò gli altri impiegati con un sorriso amichevole, mentre sentiva le farfalle nello stomaco al pensiero di rivedere Storm, una sensazione sciocca che però non riusciva a evitare. Quell'uomo andava oltre ogni aspettativa: Jane non avrebbe mai immaginato che fosse tanto premuroso... persino quando non erano insieme.

Il desiderio di vederla durante una breve pausa dal lavoro significava tutto per lei. Quando si lamentava con l'ex del fatto che non si vedevano tanto spesso, lui l'aveva sempre fatta sentire inadatta; perciò il fatto che Storm l'avesse invitata per soli venti minuti la rendeva davvero felice.

Una volta entrata nell'ufficio dell'assistente amministrativo, lo salutò allegramente.

"Ciao Jane, meno male che sei qui. Oggi è di umore pessimo, tu riesci sicuramente a tirarlo su."

Jane si mise a ridere. "Farò del mio meglio, ma non posso prometterti niente." Il braccio destro di Storm sembrava non avere niente in contrario alla loro relazione e ciò fu un sollievo. Evidentemente, Storm glielo aveva subito messo in chiaro, in modo che Jane potesse entrare in ufficio senza problemi quando lui non era in riunione.

Era bello poter fare tutto alla luce del sole.

Jane proseguì verso l'ufficio di Storm, bussò piano e aprì appena la porta. "Storm?"

"Entra pure," le rispose.

Dopo essersi chiusa la porta alle spalle, Jane si

diresse verso la scrivania e lo salutò quasi timidamente.

"Vieni qui," le disse lui, con un braccio teso verso di lei.

Jane poggiò la posta e girò intorno alla scrivania senza sapere esattamente cosa aspettarsi. Una volta accanto a lui, Storm le appoggiò una mano dietro la nuca, la spinse delicatamente verso di lui e le diede un bacio leggero sulle labbra.

Nonostante fosse un contatto brevissimo, Jane si sentì immediatamente attraversata come da una scossa che le fece venire la pelle d'oca: era il loro primo bacio, non intimo ma comunque intenso e sconvolgente.

"Cavolo, scusa," le disse Storm, che le tolse subito la mano dalla nuca per passarsela sul viso. "Non volevo strafare."

"Nessun... nessun problema," lo rassicurò lei, che a uno sguardo più attento si accorse di quanto fosse stressato, con le sopracciglia aggrottate e la fronte corrugata. Senza neanche pensarci, Jane scansò dei fogli che erano sulla scrivania e gli si sedette di fronte. "Tutto bene?" gli chiese con cautela.

"Sono stanco," ammise lui, con un sospiro.

"E la squadra?" gli chiese lei.

"Stanno tutti bene. Sì, hanno avuto qualche problema, ma ne sono usciti tutti relativamente indenni. Grazie al cielo saranno a casa nel giro di ventiquattr'ore."

"Bene," rispose Jane, che gli prese una mano nella propria e se la poggiò sulla coscia, per poi accarezzargli il dorso con un pollice.

"Caspita, è proprio bello vederti," esclamò Storm, che si avvicinò con la sedia alla scrivania per poterle appoggiare il braccio libero vicino al fianco.

Jane poté percepire tutto il calore di lui addosso: nonostante fosse seduta più in alto di lui, lo sentiva dappertutto. "Dopo che rientrano, che ne diresti di venire a cena a casa mia?" gli chiese. "Voglio dire, in cucina sono terribile, ma ciò non significa che non possiamo ordinare da asporto dal mio ristorante preferito."

Storm alzò lo sguardo verso di lei. "Mi piacerebbe molto," le rispose.

"Perfetto."

"Scusami se non sono stato molto presente," le disse.

Jane scosse la testa. "Tranquillo, sapevo bene a cosa andavo incontro, quando ho deciso di uscire con te, ne abbiamo parlato chiaramente quella sera a casa tua. Mi piace la persona che sei, Storm, è ammirevole che ti preoccupi tanto per i tuoi uomini. Hai sempre l'agenda piena, eppure hai trovato il tempo di mandarmi un messaggio, di chiamarmi, di farmi sapere che mi stavi pensando anche se non potevamo vederci... Per me conta tantissimo, Storm."

"Meriti di meglio," le disse a bassa voce.

"Non credo ci sia di meglio rispetto a un uomo che mi scrive per dirmi che gli manco, che mi lascia un lungo messaggio in segreteria perché ha ripensato al nostro film preferito e a quando Andy dice a Red che 'la speranza è una buona cosa, forse la migliore delle cose, e le cose buone non muoiono mai'. Un uomo che spera davvero nella nostra relazione perché riesce solo a pensare a me. Santo cielo, Storm, nessuno è stato mai tanto premuroso con me *di persona* come lo sei stato tu nelle ultime due settimane senza neanche vedermi. Non hai nessun motivo di scusarti."

Storm le strinse una mano sulla coscia e l'altra sul sedere, poi, con grande sorpresa di Jane, si chinò e le poggiò la fronte sul ginocchio. Allora lei cominciò ad accarezzargli i capelli.

Jane non sapeva per quanto tempo fossero rimasti in quella posizione, ma si sentiva più legata a Storm di quanto lo fosse mai stata con qualsiasi altro uomo. Quella constatazione avrebbe dovuto spaventarla: diamine, non si erano neanche davvero baciati, non avevano neanche passato tanto tempo insieme, eppure le aveva dimostrato coi gesti che non era un ragazzino come quelli con cui era uscita in passato.

Storm era un uomo maturo e onorevole, un uomo che Jane non vedeva l'ora di conoscere intimamente.

A quel punto, sentirono l'assistente salutare qualcuno nella stanza accanto. Storm si raddrizzò immediatamente e le strinse la mano un'ultima volta. Jane lo vide con i propri occhi gettare via quella maschera di stanchezza e ritornare l'ammiraglio competente che aveva sempre tutto sotto controllo.

Quando bussarono, Jane si alzò e si voltò verso la porta.

"Avanti," disse Storm.

L'ammiraglio di divisione Dag Creasy entrò in ufficio.

"Dag," lo salutò Storm con un sorriso. "Che bello rivederti."

"Altrettanto," gli rispose l'uomo, con un sorriso ugualmente caloroso.

Jane stava quasi per togliere il disturbo senza farsi notare, ma l'ammiraglio le fece cenno di rimanere. "Non vada via, Jane, non volevo interrompervi."

"Però ci hai interrotto," rispose Storm all'amico per prenderlo in giro. "Dai, sbrighiamoci, così posso passare qualche altro minuto di pace con la mia ragazza prima che succeda qualche altro casino."

Per niente offeso, Dag si accomodò sorridente su una delle poltrone di fronte alla scrivania di Storm.

Jane non aveva idea di come comportarsi, non

sapeva se rimanere, sedersi sull'altra poltrona oppure andarsene. L'ammiraglio le era sempre stato simpatico, ma non lo conosceva bene e non era sicura di quale fosse il protocollo da seguire in situazioni del genere.

"Hai saputo niente dall'unità anticrimine sul tizio che ti ha mandato il pacco bomba?" gli chiese Storm, che nel frattempo allungò un braccio per tirare Jane a sé. Lei barcollò leggermente, ma poi gli si accomodò sul bracciolo della poltrona. Lui la stabilizzò con un braccio attorno alla vita, un gesto che quasi le tolse il respiro.

"È il motivo per cui sono venuto qui," iniziò Dag, che si rilassò sulla sedia, per niente sorpreso o irritato dal fatto che Jane stesse praticamente in braccio a Storm. "Oggi mi hanno mandato il rapporto preliminare e volevo parlarne con te."

"Meglio che vada," ripeté Jane.

"Invece dovrebbe rimanere," le ordinò Dag. "La faccenda riguarda anche lei, dopo tutto è stata lei a dover subire la rabbia di quel folle, mi sembra il minimo."

"Cos'hanno scoperto?" gli domandò Storm.

Jane doveva ammettere di essere curiosa, perciò rimase immobile ad ascoltare con attenzione.

"All'interno del pacco c'era un biglietto che l'unità ha recuperato e ricomposto. L'ha scritto chiaramente una persona alla quale non sto molto simpatico e che non ha fatto altro che darmi dell'ufficiale di merda incapace di comandare. Ha aggiunto anche che sono una persona rancorosa e che ho punito dei militari ingiustamente. Secondo l'unità anticrimine si tratta di una persona che ha subito un processo davanti alla corte marziale durante il mio mandato."

"Questo dovrebbe restringere notevolmente il cerchio dei sospettati," osservò Storm. "È positivo, no?"

Dag scrollò le spalle. "Diciamo. Voglio dire, se fosse qualcuno che è stato processato di recente avrebbe senso, ma in caso contrario ci sono centinaia di militari che sono finiti in tribunale sotto il mio comando."

"E la scritta sulla scatola, invece? Possono esaminarla?" domandò Jane, che arrossì non appena entrambi si voltarono verso di lei. "Ehm... scusate, sicuramente ci avranno già pensato."

"Vero," le rispose Dag con un sorriso appena accennato. "Ma la perizia non ha portato a niente. La Marina non conserva campioni grafologici dei militari. Come ben sapete, non c'era l'indirizzo del mittente e i francobolli erano tutti timbrati a mano, il che rende difficile il tracciamento. L'inchiostro era talmente sbavato da risultare illeggibile, perciò non sappiamo neanche come quel pacchetto sia finito nel nostro sistema postale."

Jane annuì. "Sì, questo complica la faccenda. Magari l'hanno consegnato a mano o volevano spedirlo fuori dalla base. Ora è al sicuro, signore?"

L'espressione di Dag si addolcì. "So badare a me stesso," le disse.

Non poteva definirsi una risposta. "Non ne dubito," concordò Jane. "Mi perdoni se mi intrometto, ma cosa succede se questo tizio decide di rincarare la dose? Ha spedito qui una scatola con del gas lacrimogeno, ma potrebbe decidere di consegnarne un altro, magari con una bomba vera, alla sua villa vista mare. L'unità anticrimine dovrebbe lavorare più a fondo per scoprire il colpevole e metterla al sicuro. Non dovrebbe mai trovarsi nella condizione di doversi preoccupare di qualcuno che la pedina quando esce dal lavoro, visto soprattutto tutto ciò che ha fatto per il nostro paese."

Con grande disagio, Jane si accorse solo alla fine del discorso di aver alzato la voce fino quasi a urlare.

"Mi piace, la tua ragazza," affermò Dag rivolto a Storm.

"Anche a me," concordò l'altro. "Tu, però, pensa alla tua, piuttosto."

Jane fece rimbalzare lo sguardo tra i due, indecisa

se sentirsi imbarazzata o incredula per quelle osservazioni.

"Tornando alla tua domanda, Jane," le disse Dag, come se il dialogo tra lui e Storm non ci fosse mai stato, "l'unità anticrimine sta facendo tutto il possibile per venirne a capo. Non voglio assolutamente che venga coinvolto un altro innocente in questa faccenda. È un comportamento spregevole, mettere in pericolo altra gente per dei rancori personali: semmai dovessero arrivarmi pacchi sospetti a casa, potete stare certi che non li tocco finché non sono assolutamente sicuro che siano innocui. Non ho ancora avuto occasione di dirtelo personalmente, Jane, ma mi dispiace da morire che ci sia andata di mezzo tu."

"Non è colpa sua, signore," gli rispose lei.

"Non ne sono certo, ma vedremo. Vi chiedo solo di rimanere sempre allerta: finché non capiamo come quel pacco è riuscito a entrare nel nostro sistema, nessuno è al sicuro. Come abbiamo già detto, dobbiamo assolutamente evitare che altri rimangano feriti," affermò l'ammiraglio.

"Staremo tutti attenti, le do la mia parola," gli rispose Jane.

"Ho visto la tua intervista al telegiornale," le disse Dag. "Ti hanno finalmente lasciata stare, quei giornalisti?"

Jane annuì. "Sì, a dire la verità non mi hanno dato molto fastidio. Volevano conoscere i dettagli dell'accaduto, ma quando hanno capito che ero una vittima casuale, hanno perso velocemente interesse."

"Basta che tu stia attenta, altrimenti l'attentatore potrebbe finire per prendersela con *te* per esserti messa tra me e lui."

"Potrebbe prendersela con *me?*" gli domandò Jane con grande sorpresa.

"Purtroppo sì: non è riuscito ad arrivare a *me* e magari sta pensando che tu gli abbia impedito di raggiungere l'obiettivo."

"Ma è folle," affermò Jane.

"Inviare un pacco bomba *è* folle" le disse Dag con una scrollata di spalle. "Finché non prendiamo questa persona, devi prestare la massima attenzione."

Era passato molto tempo dall'ultima volta che qualcuno si era preoccupato per lei, mentre nel giro di due settimane due uomini grandiosi si stavano prendendo cura di lei. Nonostante Jane sapesse che Dag era felicemente sposato, provava davvero una bella sensazione.

"Dag ha ragione," le disse Storm. "Non ci avevo mai pensato, ma Dag ha centrato il punto."

"Non è successo niente," affermò Jane, nel tentativo di rassicurarli entrambi. "Sto bene."

"La terrò d'occhio," disse Storm a Dag.

Jane avrebbe voluto prendersela per quell'intromissione, ma non ci riusciva, non se Storm era chiaramente in pensiero.

"Se hai bisogno di aiuto per rovistare tra gli atti degli ultimi processi alla corte marziale, sono a disposizione," disse Storm all'ammiraglio.

Jane storse il naso: non fu sorpresa di quella proposta, ma sapeva anche bene che Storm aveva già l'agenda più che piena.

"No, sono a posto così, grazie. Non hai tempo di cercare l'ago in un pagliaio, ma ti terrò aggiornato, ho come la sensazione che non sia finita qui. Chiunque abbia inviato del gas lacrimogeno per posta, voleva che soffrissi e dato che non mi ha preso non sarà tanto contento. Non sapremo mai con certezza quando agirà di nuovo, può essere domani come fra tre mesi."

Jane rabbrividì e Storm dovette essersene accorto, perché le cinse i fianchi in un gesto di conforto.

A quel punto, l'ammiraglio cambiò argomento. "La squadra sta per rientrare, vero?"

"Sì, se tutto va bene sarà qui domani," gli rispose Storm.

"Da quel momento mi aspetto che tu ti prenda due giorni di ferie," gli disse Dag con tono serio.

Storm tentò di protestare, ma l'ammiraglio glielo impedì. "Senza se e senza ma. So che hai altre squadre con altrettante responsabilità, ma nell'ultimo periodo non hai avuto un minuto di respiro. Prenditi un po' di tempo per te, fatti una bella dormita, rilassati, leggi un libro, accidenti. Scegli tu, basta che non ti veda qui in giro, intesi?"

"Sì, signore," gli rispose Storm.

Dag ridacchiò. "Altri ucciderebbero per delle ferie."

"Lo so," continuò Storm. "Mi piacerebbe davvero passare un po' di tempo con Jane."

"Bene," gli disse Dag. "Vorrei solo che fossimo in circostanze migliori."

"Vorrei solo poter uscire con Jane e fare in modo che chiunque sia dietro l'attacco non ci getti di nuovo nel caos."

Quelle parole la fecero sentire bene: non voleva allontanarlo dal lavoro, ma le fece piacere sapere che avrebbe passato le ferie con lei.

"Non è facile stare insieme a un militare come Storm," affermò Dag rivolto di nuovo a Jane, "ma ti garantisco che ti pensa anche quando non è con te. Lo so perché succede anche a me con la mia Brenae. Bene, ora vi lascio."

"Fammi sapere se ci sono novità sull'attentatore," gli disse Storm, che si alzò per stringergli la mano, seguito a ruota da Jane.

"Certo," gli rispose l'ammiraglio, che rivolse un

cenno a entrambi e uscì dall'ufficio, chiudendosi la porta alle spalle.

Visto il tipo che era, Storm non aspettò un secondo di più. Si girò verso Jane e le cinse la vita con un braccio, mentre le infilò l'altra mano tra i capelli dietro la nuca. La spinse contro di sé a tal punto che Jane poté percepire ogni centimetro di quei muscoli scolpiti. Arrossì violentemente mentre si chiedeva se fosse lecito che un ufficiale corteggiasse in quel modo un'impiegata in ufficio.

A ogni modo, la porta era chiusa e loro erano soli.

"Domani è venerdì," le disse lui a bassa voce.

"Lo so," gli rispose lei, leggermente confusa.

"A quanto pare, ho il fine settimana libero. Dopo che i miei uomini rientrano e finiamo il rapporto, starò a casa per ben quarantotto ore."

"Bene, ne hai bisogno," gli disse.

"Voglio passarle con *te*," affermò Storm. "Il più possibile."

Jane non era sicura di ciò che le stesse chiedendo, ma accettò senza esitazioni. "Certo."

"Davvero?"

Jane annuì. "Sì, è inutile girarci intorno, Storm, tu mi piaci e voglio passare più tempo con te per conoscerti meglio. So che di solito non hai tanti giorni liberi, perciò sarò egoista e ne approfitterò fino all'ultimo minuto."

Storm le sorrise. "Perfetto. Siamo già al secondo appuntamento," le ricordò.

"Contando anche il pranzo dell'altro giorno?" gli chiese con aria allegra.

"Assolutamente sì. Alla nostra prima cena mi hai detto che non baci al primo appuntamento, ma che mi dici del terzo?"

Jane non riuscì a trattenere un sorriso. "Forse... con l'uomo giusto."

Lui ricambiò il sorriso, poi disse: "Poco fa non volevo bruciare le tappe. Quando ti ho vista ho agito di impulso, sei stata come la luce in fondo al tunnel della mia stanchezza e ti ho baciata senza neanche pensarci."

"Mi stai dicendo che consideri quello un bacio?" lo prese in giro Jane.

Lui sorrise a trentadue denti.

"Deve sapere, signor North, che per me un bacio a stampo non è un bacio come si deve, perciò al terzo appuntamento ne voglio uno vero," gli disse, con più coraggio di quanto ne avesse mai provato in tutta la vita. Desiderava quell'uomo da sempre e non si sarebbe comportata da timidona per niente al mondo, non se lo sarebbe mai lasciato sfuggire. Nel corso degli anni, aveva imparato che se voleva raggiungere un obiettivo doveva lavorare sodo per riuscirci.

"Lo terrò a mente," le rispose lui con sguardo talmente bramoso che le fece venire voglia di saltargli addosso in quell'istante stesso. "Quindi non ti dispiace se prima che te ne torni al lavoro, ti do un altro *bacio a stampo*, come l'hai appena chiamato. Alla fine non conta..."

"No, non mi dispiace," gli rispose Jane, col fiato sospeso dall'emozione.

Storm si chinò lentamente verso di lei senza mai distogliere lo sguardo. Jane non riuscì a tenere gli occhi aperti mentre lui le baciava la fronte, poi il naso, poi le guance...

Quando arrivò alle labbra, Jane non stava più nella pelle: percepì i capezzoli che si indurivano sotto la polo leggera che indossava tutti i giorni, così come una sensazione umida tra le gambe. Desiderava Storm con ogni cellula del corpo, come non aveva mai bramato nessun altro uomo da moltissimo tempo: era stata troppo occupata, ma aveva sempre il vibratore quando aveva bisogno di sfogarsi.

A quel punto, però, ebbe la sensazione che niente avrebbe potuto soddisfare la voglia che provava se non l'uomo che la stringeva in quel momento.

Finalmente, Storm la baciò sulle labbra. Quando lei si lasciò sfuggire un gemito, se lo sentì sorridere sulla bocca. Le diede tanti altri bacetti a stampo che furono impotenti contro la brama che provava, anzi, non fecero che alimentare il fuoco dentro di lei.

Quando le sfiorò di nuovo le labbra, Jane gliele leccò e il gemito di Storm le risuonò nelle membra. Con un sorriso, lei aprì gli occhi e guardò in quelli di lui.

"Per la prima volta nella mia vita, non vedo l'ora che arrivino le ferie," le confessò Storm a bassa voce.

"Anch'io," concordò Jane.

A quel punto, sentirono l'assistente che salutava qualcun altro nell'altra stanza e Storm si lamentò. "È il mio prossimo appuntamento."

Jane annuì, quindi cercò di indietreggiare, ma lui non la lasciò andare. La strinse ancora per qualche momento, con un dispiacere negli occhi che rispecchiava quello di Jane.

"Non so come tutto questo sia successo, ma sono troppo contento, accidenti," le disse, poi si chinò verso di lei, le diede un altro bacio e la lasciò andare con un passo indietro.

"Anch'io," ripeté Jane.

"Spero che tu dia ascolto a Dag," le ricordò Storm con serietà, "Non dare la tua sicurezza per scontata, né a casa né al lavoro, intesi?"

"Intesi." gli rispose Jane. Era sempre molto attenta: aver cresciuto una figlia da sola le aveva insegnato a vedere pericoli in ogni angolo e ad analizzare bene i posti in cui si trovava. Da uomo tosto e muscoloso, Storm forse non aveva neanche idea delle situazioni di cui una donna come lei doveva preoccuparsi ogni giorno, ma quello non era il momento di spiegarglielo. "Fammi sapere quando rientri a casa," gli chiese lei.

"Certo, anche tu. Ti voglio sapere al sicuro."

Jane annuì, compiaciuta del pensiero che Storm aveva per lei.

"Sono contenta che stia per tornare la tua squadra," gli disse.

"Anch'io. Ci sentiamo più tardi, così organizziamo il fine settimana," le propose lui.

"Perfetto." Jane si diresse verso la porta e si voltò un'ultima volta prima di aprirla.

"Grazie per la posta," le disse Storm a voce abbastanza alta affinché potesse sentirlo anche il luogotenente nell'altra stanza.

"Di niente," gli rispose lei, consapevole che Storm voleva proteggere la sua reputazione, non la propria. Jane rivolse un cenno all'assistente, che le fece l'occhiolino; poi andò in corridoio diretta alle scale.

Si toccò le labbra con una mano e sorrise. Sì, poteva affermare con certezza di aspettare il weekend con un'impazienza che non provava da molto tempo.

CAPITOLO SEI

Storm parcheggiò l'auto, scese tutto pimpante e si diresse verso l'appartamento di Jane. Era stato un sollievo poter vedere con i propri occhi tutti i SEAL della squadra rientrare alla base vivi e vegeti. Dopo un resoconto durato due ore, finalmente era pronto a godersi quarantotto ore di ferie.

Si era offerto di cucinare per Jane, che però aveva rifiutato, dicendo che non glielo avrebbe mai permesso, dopo che aveva lavorato fino a tardi.

Visto che erano le sette e mezza e che era stato in ufficio per dodici ore, Storm era più che pronto per staccare la spina, perciò raggiunse la porta di Jane e bussò. Dopo qualche secondo, lei gli aprì sorridente e lo accolse in casa.

"Mi sembri stanco," gli disse lei di getto, arricciando il naso. "Scusa, che maleducata che sono. Entra pure."

Storm era tutt'altro che offeso. "È la verità," le disse.

"I ragazzi stanno bene?"

Quella domanda gli fece piacere. "Sì, benone. È stata una missione complicata, ma sono tornati tutti relativamente sani e salvi."

"Uff, mi dispiace," disse lei, più a se stessa che a lui. "Voglio dire, sono contenta che siano tornati, ma 'relativamente sani e salvi' può avere centinaia di significati. Magari si sono beccati qualche proiettile ma sono ancora in grado di camminare, oppure si sono ritrovati solo qualche livido."

Storm ridacchiò e, dopo che lei si chiuse la porta alle spalle e si voltò verso di lui, la tirò a sé. Jane esclamò di sorpresa, ma si riprese subito. Quando gli poggiò le mani sul petto, lui riuscì a sentirle il profumo di bagnoschiuma addosso.

"Allora?" gli domandò.

"Scusa," le rispose. "I ragazzi stanno bene, uno ha preso una pallottola, ma solo di striscio. La missione non è andata proprio come immaginavamo, ma l'hanno portata a termine." Storm rimase volutamente sul vago perché non poteva dirle dove fosse stata la squadra e perché. Rimase in attesa della risposta di Jane col fiato sospeso, al ricordo di altre simili conversazioni con altre donne, conversazioni che non erano andate come sperato.

"Bene, perfetto," gli disse lei, con un lieve cenno del capo. "Ho ordinato da Leroy's Kitchen and Lounge. Li conosco da un sacco di tempo e sanno che mi piace mangiare bene, perciò per te ho ordinato bucatini fatti in casa, salsicce di maiale, funghi al pesto e ricotta; per me invece branzino in padella, curry rosso con riso basmati, olio al peperoncino e coriandolo. È un piatto molto piccante, ma lo adoro. Se non vuoi i bucatini possiamo fare a cambio, oppure possiamo ordinare una pizza. Ho messo tutto a scaldare in forno perché non sapevo quando saresti arrivato e... Perché mi guardi così?"

Storm era ben consapevole che la stava fissando come se avesse due teste. "Davvero non vuoi sapere più niente della missione?"

Lei lo osservò confusa. "No, so che non me ne puoi parlare, anzi, grazie per ciò che mi hai già detto. Non vedo perché dovrei saperne di più."

"Scusami, cioè..." le rispose lui di getto. "È solo che... di solito la gente... non accetta tanto facilmente il fatto che non posso scendere nei dettagli."

"Storm," gli disse Jane con tono dolce. "Lo so. Sarò solo un'impiegata alla posta, ma capisco gli obblighi di riservatezza che hai."

"Non dire così," la rimproverò lui.

"Così come?" gli domandò lei inclinando la testa di lato, chiaramente ignara di cosa intendesse.

"Non sminuirti. Non sei 'solo' un'impiegata: hai lavorato sodo per arrivare dove sei ora, è tutto merito tuo, dovresti andarne fiera. Non è un lavoro semplice e io per primo sono estremamente grato del fatto di non dover tenere sotto controllo la posta che dovrei ricevere e di non dovermi preoccupare che rapporti e altri documenti arrivino sani e salvi a destinazione."

"Hai ragione," ammise Jane timidamente. "È solo che... per me tu sei grandioso e non riesco ancora a credere che tu sia qui con me. Certe volte le insicurezze prendono il sopravvento."

"Beh, non hai niente di cui preoccuparti. Comunque... sul serio mi hai preso i bucatini?"

Jane gli sorrise. "Eh sì."

"Cavolo," le rispose lui con un sospiro. "Potrei abituarmici, ma onestamente mi sembra un po' troppo: il ristorante di Leroy non è esattamente economico."

"Ti svelo un segreto," gli disse.

"Sono tutt'orecchi," le rispose lui di getto.

"Dato che gli faccio tenerezza, mi fa sempre degli sconti da urlo," gli confidò con un sorrisetto. "Credo che con tutte le mie ordinazioni abbia pagato l'università ad almeno due dei figli, quindi adesso mi sta ricompensando."

Storm rise tanto di gusto da sentire i muscoli rilassarsi per la prima volta in tutta la giornata. "Credo che tu stia dicendo un sacco di stronzate," le rispose con una frase da *Le ali della libertà*.

Jane lo guardò confusa per un decimo di secondo, poi gettò la testa all'indietro tra le risate. "No, ti giuro che è tutto vero. E comunque... citazione molto azzeccata."

Durante quella chiacchierata all'ingresso di casa di Jane, Storm si sentì ringiovanito di dieci anni. Il pensiero che la bomba che le era esplosa tra le mani avrebbe potuto non essere semplice gas lacrimogeno lo devastava, come lo sconvolgeva anche la decisione che aveva preso inizialmente di andarci piano, di conoscerla al lavoro prima di chiederle di uscire. Se avesse agito in quel senso, si sarebbe perso quella serata. All'improvviso, lasciarsi scappare anche un secondo insieme a Jane Hamilton sembrava una stupidaggine.

"Ne avevo proprio bisogno," le disse lui con delicatezza.

"Di cosa?"

"Di tutto questo, di te. Preparare la cena, o meglio, ordinarla dal tuo ristorante preferito; vedere che cogli le citazioni da *Le ali della libertà* dal nulla; dimenticarmi del lavoro per qualche ora e rilassarmi insieme a una donna bella, divertente e affascinante che non se la prende se non le parlo delle missioni."

Jane si sciolse al punto che Storm capì quanto potessero significare quelle parole per lei. "Vale anche per me," gli rispose. "Voglio dire, non ho avuto a che fare con il rientro da una missione come te, ma dopo essermene andata dal tuo ufficio, gli agenti dell'unità anticrimine sono venuti a parlarmi di nuovo e mi hanno spaventata a morte: mi hanno detto che dai telegiornali sembra che io abbia mandato a monte i piani dell'attentatore di raggiungere l'ammiraglio, perciò mi hanno dato ogni sorta di avvertimento su come individuare un potenziale dinamitardo sulle mie tracce. Praticamente hanno confermato quello che aveva già detto Dag."

"Vieni qui," le disse Storm, che la strinse ancora di più, con una mano sulla nuca mentre lei gli appoggiò una guancia sul petto.

Rimasero abbracciati all'ingresso per un lungo istante, a confortarsi l'uno con l'altra.

"Mi dispiace," le disse lui dopo un po'.

"Non è colpa tua," gli rispose lei immediatamente. "Credo a ciò che dicono i detective, ma non ha senso che quel tizio se la prenda con *me*. Mi trovavo solo nel posto sbagliato al momento sbagliato, sono un danno collaterale."

Storm si ritrasse e le prese il viso tra le mani. Dato

che era più alto di lei solo di qualche centimetro, si guardarono quasi dritto negli occhi. "Stai attenta comunque, va bene?"

"Va bene."

"Se so qualcosa sul sospettato, ti faccio sapere."

"Davvero?" gli domandò lei.

"Certo," le rispose Storm, sebbene non ne fosse sicuro al cento per cento. Se il responsabile fosse stato un ex SEAL o uno degli uomini di Creasy, non avrebbe potuto divulgare i dettagli della vicenda, ma avrebbe potuto darle le informazioni necessarie per tenerla al sicuro senza venire meno all'obbligo di riservatezza.

Per la prima volta in tutta la sua carriera, Storm sarebbe stato disposto a violare la segretezza per lei... anche se avesse significato mettersi nei guai.

In un batter d'occhio, Storm capì come si fosse sentito Phantom quando aveva disobbedito agli ordini ed era partito per andare a salvare Kalee Solberg a Timor Est.

"Dai, andiamo," gli disse Jane delicatamente. "Devi mangiare."

Storm le sorrise e gli brontolò lo stomaco proprio in quel momento.

"Visto?" gli disse lei divertita, poi gli prese una mano con cui la stava accarezzando e lo condusse dentro casa.

Mentre lei lo portava al tavolino accanto alla cucina, Storm non poté fare a meno di guardarle il sedere. Molti l'avrebbero definito 'a mandolino', il che sembrava una definizione un po' dispregiativa, ma Storm non si trovò d'accordo osservando il grandioso fisico di Jane. Gli prudevano le mani dalla voglia di toccarla, di vedere quei glutei formosi scuotersi mentre la prendeva da dietro. Era un'immagine talmente viscerale che Storm si sentì un'idiota ad averla solo concepita.

Lui e Jane si stavano frequentando da poco, non si erano neanche baciati davvero, diamine: non poteva già pensare di andarci a letto... eppure non riusciva a fare a meno di fantasticare su quanto sarebbe stata bella sotto di lui, con tutti i capelli castani sparsi sul cuscino, con la schiena inarcata e il seno tondeggiante e sporgente affinché lui potesse leccarlo. Quando Jane avrebbe allargato le gambe per lui, quel calore gli avrebbe dato una sensazione incredibile.

"Storm?" lo chiamò lei, che lo fece ritornare coi piedi per terra. Quella donna meritava molto di più di semplici istinti. Storm doveva comportarsi meglio.

"Sì?"

"Sembravi su un altro pianeta," osservò lei.

"Sei stupenda," le disse di getto, vedendola arrossire. "Davvero."

Jane scrollò le spalle. "Sono solo me stessa," gli rispose, con quelle parole pronunciate già altre volte.

"Sì, esatto," concordò lui. Non sarebbe mai stato in grado di starle seduto di fronte per tutta la cena senza pensare di toccarla, di baciarla. Perciò la spinse verso di sé.

Ancora una volta, lei gli si abbandonò addosso e gli appoggiò le mani sul petto.

"Oggi è il terzo appuntamento," gli ricordò.

Jane sapeva *perfettamente* dove Storm volesse andare a parare.

"Sembra che all'improvviso il mondo abbia una gran fretta, e anche tu," scherzò lei.

La citazione di Brooks da *Le ali della libertà* glielo fece venire ancora più duro. Inarcò un sopracciglio, come a chiederle il permesso di baciarla.

In tutta risposta, Jane si alzò in punta di piedi, gli appoggiò una mano sulla nuca e lo spinse verso di sé. Nel preciso istante in cui le loro labbra si toccarono, Storm capì di non avere più scampo.

Si era detto più volte di andarci con calma, ma non era concretamente possibile.

Sembrava che l'avesse baciata altre migliaia di volte ma, allo stesso tempo, era sicuro di non aver mai provato niente del genere in tutta la vita. Nonostante Jane facesse di tutto al lavoro per rimanere dietro le quinte, non c'era proprio niente di timido in lei in quel momento: gli affondò le unghie nella nuca e gli diede un brivido mentre lo stringeva ancora di più.

Storm inclinò la testa per approfondire il bacio e, quando aggiunse la lingua, lei gli rispose con un gemito e dischiuse le labbra per accoglierlo. Lui non poté fare a meno di riprodurre la fantasia di qualche minuto prima, baciarla con foga e immergere la lingua nella bocca di lei in una grezza imitazione del sesso.

Jane prese tutto ciò che Storm avesse da offrire. Gli succhiò la lingua e gemette quando lui le mordicchiò il labbro, per poi perdersi nella bocca di lei ancora una volta.

Storm non aveva la minima idea di quanto tempo fossero rimasti a baciarsi contro il tavolo, ma si ritrasse un attimo solo quando si sentì mancare l'aria.

Jane abbassò il capo e respirò profondamente, come per recuperare i sensi, poi iniziò a leccargli il collo. Storm ce l'aveva duro come la roccia e, nonostante le premesse contro la pancia, Jane non si tirò indietro. No, in quel momento Jane non mostrava la minima inibizione, il che lo faceva impazzire.

Nel momento in cui lei iniziò ad accarezzargli i fianchi attraverso la polo che si era messo per la serata, gli brontolò di nuovo sonoramente lo stomaco.

Sorprendentemente, Jane gli ridacchiò sulla pelle. Storm percepì lo sbuffo d'aria sul collo sensibile, ma non servì a niente per mettergli a tacere l'eccitazione.

"Devi mangiare qualcosa," osservò Jane, che sollevò di nuovo il capo.

Quando la guardò in viso, Storm inspirò profondamente. Jane aveva le labbra rosa e gonfie e se le leccò mentre ricambiava lo sguardo. Lui avrebbe voluto solo spingerla contro il tavolo, toglierle di dosso i jeans e divorarla, ma sarebbe stato decisamente troppo.

Come se potesse leggergli nel pensiero, lei gli sorrise. "Abbiamo i bucatini," gli ricordò. "Ho anche preso una bottiglia di Meiomi, un pinot nero che va molto di moda da noi, al nordest. Credo che ti piacerà."

"Sicuramente," rispose Storm, che si impegnò al massimo per mantenere il controllo.

Jane annuì e iniziò a ritrarsi, ma lui la fermò: adorava sentirla schiacciata contro di sé, vederle i capezzoli duri attraverso la maglietta rosa. "Non mi sono mai sentito così in vita mia," le confessò.

Lei inclinò la testa con aria interrogativa.

"Mi sento come se potessi perdere la testa, se non entro dentro di te nel giro di dieci secondi," le disse. Sapeva bene che erano parole crude, ma al momento non aveva tempo di essere cortese. "Non so se per te è lo stesso, ma mi sei entrata nell'anima e non voglio lasciarti andare."

"È passato tanto tempo per me," gli rispose Jane,

"Ho affrontato molte tempesta nella vita, ma quello che non mi aspettavo è che potessero durare così a lungo."

Storm riconobbe la citazione dal loro film preferito, ma la lasciò continuare.

"Ora che riesco a vedere la luce e che il rapporto tra me e Rose sembra tornato normale, voglio vedere se riesco a essere egoista e a concentrarmi su di me per un po'."

"Quindi... sarei una sorta di liberazione per te?" le chiese Storm, confuso.

"No!" gli rispose lei immediatamente. "Non intendevo questo. Pensavo che sarei uscita con uomini che non volessero niente di serio, di provare un tipo di sesso che non conoscevo, ma poi ti ho incontrato... e allora ho capito di non volere nessun altro; come potrei, se tu sei tutto ciò che ho sempre desiderato nella vita. Affascinante, gentile, divertente, un uomo di successo e rispettato da tutti. Sono sempre stata convinta che fossi fuori dalla mia portata, che non avresti mai notato una come me, ma quando mi hai vista mi sono sentita al settimo cielo. Il problema è che non credo di essere ciò che ti aspetti in camera da letto."

Storm non riuscì a trattenere una risata.

Quando Jane si irrigidì, lui scosse la testa. "Non rido di te, Jane, rido perché non potresti assolutamente deludermi. Questo bacio è stato il più sexy che qualcuno mi abbia mai dato in tutta la vita. Per la cronaca, anch'io non vado a letto con qualcuna da molto tempo, quindi non ho dubbi che faremo scintille, ma ci andremo con calma. Non sono venuto qui con l'intenzione di fare sesso: non vedevo l'ora di passare il più possibile di queste quarantotto ore di ferie con te, a parlare, ridere, mangiare, guardare la TV. Ecco cosa voglio."

"Quindi non vuoi venire a letto con me?" gli domandò, con la fronte corrugata.

"Oh, certo che sì," rispose subito lui. "Ma non me lo aspetto. Sei tu a decidere il passo della nostra relazione, ma sappi che... quando ti porterò a letto, voglio avere tutto di te. Non ci nasconderemo al buio sotto le coperte, voglio le luci accese, voglio che tu apra le gambe per me e mi soddisfi. Sei talmente bella che credo proprio che non ne avrò mai abbastanza."

Adorò vederla arrossire e, soprattutto, notare che anche lei lo desiderava chiaramente allo stesso modo.

"Va bene," gli rispose dopo un momento.

"Va bene," concordò lui. "Ora meglio andare a mangiare, prima che il mio stomaco protesti di nuovo per essere stato trascurato tutto il giorno."

Jane annuì e lui la lasciò andare, la seguì in cucina e la aiutò a preparare la cena. Quando si sedettero a tavola, si trovarono incredibilmente a loro agio.

Quella conversazione non aveva creato disagio, anzi, Jane rise insieme a lui gustando il branzino, mentre lui si godeva i bucatini.

Parlarono di tutto e niente, di come a Jane piacesse collezionare le conchiglie che trovava intorno alla base navale, di quanto a Storm piacessero i calzini morbidi... Odiava seriamente quelli ruvidi o con delle cuciture sulle dita che davano fastidio.

Quando finirono di mangiare, si accomodarono sul divano a vedere una replica di *Seinfeld* e Storm ebbe di nuovo la sensazione di conoscere Jane da sempre. Stare con lei lo faceva sentire bene, come se i suoi vecchi calzini preferiti fossero magicamente tornati morbidi e come nuovi.

Se solo avesse trovato Jane anni prima, avrebbero avuto più tempo da trascorrere insieme.

CAPITOLO SETTE

Mentre riposava con la testa sulla spalla di Storm, Jane realizzò di non essersi mai sentita a proprio agio come in quel momento. Aveva impiegato molto più tempo per arrivare a quel punto con l'ex: sì, era ancora una ragazzina, ma gli aveva permesso di baciarla come aveva fatto Storm solo dopo mesi.

Era una situazione folle. Lei era una donna adulta e vaccinata, eppure non riusciva a togliersi quei pensieri maliziosi dalla testa, come inginocchiarsi di fronte a Storm, aprirgli la cerniera dei pantaloni e prenderlo in bocca, così, all'improvviso. Jane non pensava neanche che le piacesse *tanto* il sesso fin quando non aveva iniziato a fantasticare su di lui. Quando finalmente Storm l'aveva baciata, le aveva quasi fatto perdere la testa dalla voglia di toccarlo dappertutto. Grazie al cielo gli era brontolato lo stomaco e lei era tornata con i piedi per terra.

Al momento, erano sul divano a guardare Jerry Seinfeld che tentava di indovinare il nome della ragazza che frequentava, nome che rimava con una parte intima del corpo femminile che a Jane faceva solo venire voglia di saltare addosso a Storm.

Adorava il fatto che Storm si stesse comportando da gentiluomo, senza metterle pressioni, ma lei capì solo in quel momento che non le sarebbe *affatto* dispiaciuto: lui l'avrebbe considerata troppo aggressiva se avesse preso l'iniziativa per andare oltre a delle semplici coccole?

"A cosa pensi tanto intensamente?" le chiese Storm. "Non dirmi che rifletti sulla sitcom: è vero, fa ridere che Jerry crede che la ragazza si chiami Mulva, ma non è una battuta abbastanza profonda da spremerti le meningi." Quando le passò un polpastrello duro sulla fronte, Jane avvertì un leggero brivido.

"Non voglio che pensi male di me," gli rispose Jane.

"Questo non è proprio possibile," la rassicurò lui.

A quel punto, Jane fece un respiro profondo e disse di getto ciò che le passava per testa: "Ti voglio."

Incredibilmente, Storm non fece una piega, ma Jane gli notò le pupille dilatarsi.

Anche lui inspirò profondamente, si girò verso di

lei e le sollevò il mento con un dito in modo da non farle distogliere lo sguardo. "Coraggiosa," mormorò, poi a voce più alta disse: "Ti voglio anch'io, moltissimo. Ma se dovessi cambiare idea, devi solo dirmelo e ci fermiamo."

"Non succederà," affermò lei.

"Va bene, ma in ogni caso non voglio metterti a disagio. Se ci ripensi o ti senti in imbarazzo, basta che tu me lo dica."

"Ok, lo stesso vale per te," affermò lei.

Storm inclinò la testa con aria interrogativa.

"Che c'è? So che i media si concentrano solo sulle donne per quanto riguarda il diritto di tirarsi indietro, ma ce l'hanno anche gli uomini. Il fatto che io voglio fare sesso non significa che lo vuoi anche *tu*."

Con una risatina, Storm le allontanò la mano dal mento. "Lo voglio anch'io," ammise onestamente, poi con un dito iniziò a tracciarle la linea della scollatura e nel mentre abbassò lo sguardo...

Jane avvertì un brivido e sentì subito i capezzoli indurirsi. Quando lo vide leccarsi le labbra e inspirare profondamente, capì anche Storm se ne era accorto. A quel punto, Jane realizzò che se avessero iniziato lì sul divano, non sarebbero stati in grado di spostarsi a letto, perciò, senza dire una parola, si alzò in piedi e gli tese una mano.

Lui l'afferrò prontamente e la seguì verso il breve

corridoio che portava alle due stanze da letto. Dato che non era esattamente una maniaca dell'ordine, normalmente Jane si sarebbe sentita in imbarazzo per le condizioni in cui era la camera, ma quando si voltò verso Storm e lo vide fissarle il sedere come ipnotizzato, capì che non avrebbe fatto caso alla confusione.

Lo portò da un lato del letto: era abbastanza grande per una persona, ma a quel punto Jane si chiese se ci fosse stato abbastanza spazio per entrambi.

A ogni modo, Jane si rifiutava di sentirsi a disagio per come viveva: non era stato né facile né economico essere una madre single. Perciò lasciò la mano di Storm, aprì un cassetto del piccolo comodino accanto al letto e tirò fuori una scatola di preservativi che aveva speranzosamente comprato a inizio settimana. "Spero che non sia un problema utilizzarli."

Storm scosse subito la testa. "Certo, non sono andato con qualcuna da parecchio tempo, quindi sono pulito, ma non ti metterei mai a rischio."

L'argomento era un po' imbarazzante, ma Jane era una donna adulta: se aveva intenzione di fare sesso, doveva essere matura abbastanza da affrontare quel tipo di conversazione. "Anch'io sono pulita e non dovrei rimanere incinta, ma non voglio sfidare la sorte."

"Certamente," le disse Storm, che le prese la

scatola dalle mani e la appoggiò sul comodino. Poi le mise una mano sulla nuca e le intrecciò le dita nei capelli per inclinarle leggermente la testa all'indietro. Quella breve dimostrazione di controllo la fece rabbrividire dall'impazienza. "Non metterei mai in pericolo la tua salute, mai," affermò con calma. "Ma..." continuò, "non posso negare che pensare di andare a letto con te senza preservativo mi eccita da matti. Se tra noi va tutto bene (come spero), faremo in modo di provarci."

"Sì," gli sussurrò Jane, eccitata ancora di più da quella possibilità.

"Altri dubbi?" le chiese Storm.

"No."

Storm le strinse la mano tra i capelli per un istante, poi annuì e la lasciò, indietreggiò e si afferrò i lembi della maglietta, per poi togliersela con un movimento rapido.

Jane lo guardò come imbambolata e si leccò le labbra dalla voglia: Storm aveva un corpo *scultoreo*. Non era la prima volta che lo vedeva, ma non era mai stata in condizione di apprezzarlo. Aveva un sottile strato di peluria sul petto, sexy da morire, ma al momento Jane si godeva il contatto con ogni singolo muscolo del petto e delle braccia.

Quando gli avvolse i bicipiti con le mani, si chinò verso di lui per leccargli il capezzolo destro.

"Cavolo," disse Storm in un sibilo, mentre le teneva una mano dietro la nuca per spingerla contro di sé.

Con un sorriso, Jane lo prese come un buon segno e iniziò a succhiargli il capezzolo, al che lo sentì gemere e stringerle ancora di più la mano tra i capelli.

Quando passò all'altro capezzolo, Jane non poté fare a meno di sentire il potere che la dava la reazione spontanea di Storm a quel tocco. Quando abbassò lo sguardo, notò l'erezione che spingeva contro la cerniera dei jeans: non si era mai preoccupata della lunghezza di un uomo prima di allora perché era più interessata a come lui *usasse* il proprio membro, ma a quel punto non poteva che essere impressionata dagli attributi di Storm.

Quando le strinse i capelli ancora più forte, Jane si lasciò sollevare il capo. "Basta," le disse con voce bassa e roca. "Devo vederti: ho fantasticato tanto di osservarti nuda davanti a me, e non per una situazione di emergenza."

Jane arrossì, non voleva ripensare a quando era stata costretta per necessità a spogliarsi davanti a lui: quella volta lo stava decidendo *lei*, e non stava per sputare un polmone per via del gas CS.

Lui le fece scivolare immediatamente la mano dalla nuca al bottone dei jeans, poi lei se li sbottonò e se li sfilò. Mentre si slacciava il reggiseno senza spalline da sotto la maglia, sorrise nel vedere Storm osservarle le gambe. A quel punto gettò via il reggiseno, si raddrizzò e fece per togliersi anche la maglietta, ma lui la fermò.

"Ci penso io," le disse con calma.

Jane annuì e abbassò le braccia

Quando Storm le afferrò i lembi della maglia, lei sentì il tocco delle dita di lui sui fianchi. Cercò di trattenere la pancia il più possibile: magari fosse stata in forma quanto lui, magari non avesse avuto tutta quella pancetta, magari avesse avuto delle cosce più toniche... Temette che il sedere grosso che aveva *sempre* avuto gli avrebbe fatto passare la voglia.

Mentre tutte quelle insicurezze le attraversavano la mente, Storm le alzò la maglia sopra la testa e lei sollevò le braccia per aiutarlo. A quel punto, si ritrovò di fronte a lui con indosso solo l'intimo di cotone nero.

"Stupenda," sussurrò Storm mentre la studiava, poi le appoggiò le mani sui fianchi senza muoversi.

In preda all'ansia, Jane gli disse. "Non sono più una ragazzina."

Storm le rispose con una risatina: "Meno male. Ora girati."

Jane fu colta di sorpresa: "Che cosa?"

"Girati. Voglio vederti il sedere."

Jane obbedì col fiato sospeso, ma adorò il fatto

che Storm le lasciasse le mani sui fianchi nel movimento.

"Accidenti, meglio di tutte le mie fantasie," le confessò lui.

Lei lo guardò oltre la spalla e lo vide ipnotizzato da quel sedere che lei aveva sempre considerato troppo grosso.

A quel punto, lui si accovacciò dietro di lei, le prese le natiche e le strizzò. Presa alla sprovvista, Jane inciampò e si ritrovò piegata sul materasso.

"Oh, sì, cazzo," mormorò Storm, che le accarezzò con le dita le mutandine fradice.

Con chiunque altro se ne sarebbe sentita in imbarazzo, ma dato che lui era in ginocchio dietro di lei, Jane riusciva perfettamente a vedergli l'erezione. Nell'istante preciso in cui ebbe quel pensiero, Storm si slacciò i pantaloni con una mano e gemette di sollievo, poi le riportò la mano sul sedere.

"Sei meravigliosa," le disse, senza staccarle gli occhi dal corpo.

"Forse devo perdere qualche chilo," affermò lei a bassa voce.

"Neanche per sogno," le rispose lui con decisione.

"Ma tu sei tanto in forma, tanto... scolpito," controbatté lei.

"È vero." Sorrise. "Ma non significa che le donne mi piacciano così. Mi piace la *morbidezza*," le spiegò.

"Non vedo l'ora di sentire le tue curve addosso, che mi stringono e mi circondano."

Per Jane, quelle parole furono ancora più seducenti della sensazione delle mani di Storm su di sé.

Lui le strinse leggermente i fianchi con le mani per dirle di girarsi verso di lui. Jane obbedì e si ritrovò a fissarlo davanti a lei in ginocchio. Quando notò persino la cappella sbucare fuori dall'elastico dei boxer, si leccò le labbra e fu invasa dal desiderio improvviso di vedere *tutto* di lui.

Ma Storm, evidentemente, aveva altri piani: le infilò le dita nell'elastico delle mutandine, alzò lo sguardo verso di lei e le domandò: "Posso?"

Quando Jane annuì, lui iniziò a sfilarle l'intimo lungo i fianchi e le cosce. Lei lo lanciò via non appena cadde a terra e si ritrovò nuda di fronte a Storm, l'uomo per il quale aveva una cotta da anni. Normalmente si sarebbe sentita in ansia, ma lo sguardo di pura lussuria sul volto di lui le scacciò via ogni tipo di preoccupazione.

"Cazzo," sussurrò lui, che si chinò in avanti per accarezzarle l'inguine col naso.

Jane sussultò. Era ben consapevole di essere talmente fradicia da non vedere l'ora di sentire le mani di lui su di sé. "Storm," lo supplicò.

"Sì?" le chiese lui, con lo sguardo fermo in mezzo alle gambe di lei.

"Toccami."

"Agli ordini," le rispose. "Hai un profumo ottimo, accidenti."

Jane sentiva il cuore prenderle il volo e desiderava molto di più che vedere quell'uomo fantastico che aveva davanti, perciò si sedette di colpo sul materasso, si tirò indietro, tirò giù coperta e lenzuola e si distese sui gomiti. "Perché sono l'unica ad essere nuda?" riuscì a pronunciare con un tono più o meno normale.

Storm capì dove volesse andare a parare, perciò si tolse jeans e boxer e la sovrastò prima ancora che lei potesse riprendere fiato. Jane sentì l'erezione dura contro la coscia e, senza neanche pensarci, allungò una mano per afferrarla.

Lui godette per un attimo di quella frizione, ma poi allungò a sua volta una mano e fermò Jane, che si ritrovò con entrambi i polsi bloccati sopra la testa. Gli sorrise.

"Che sfacciata," le disse lui con una risatina. "Provaci di nuovo e non riuscirò a trattenermi. La festa sarà finita ancora prima di cominciare."

"Davvero?" gli domandò.

"Non sono più un giovanotto, ormai," le confessò senza peli sulla lingua. "Ti ho già detto che è un po' che non vado a letto con una donna. Non voglio venire così a casaccio, voglio venire solo in quel profilattico, dentro di te, tutta calda e bagnata. Perciò devo chiederti di tenere a posto le mani."

Jane gli mise il broncio per finta. "Così dov'è il divertimento?"

"Oh, ci sarà, fidati," controbatté lui.

"Non posso toccarti per niente?" gli domandò lei, un po' delusa.

Storm la studiò per un attimo. "Lo vuoi davvero?"

"Sì," gli rispose in tutta onestà.

"Per ora toccami tutto ma non l'uccello. Credimi se ti dico che basta che mi tocchi un paio di volte per venire."

Jane fu attraversata da un brivido: le piaceva davvero tanto la sensazione di potere che le stava dando. "Va bene."

Quello fu l'unico avvertimento che lui le diede prima di cominciare a esplorarle il corpo. Quando le raggiunse il petto, le prese in mano un seno e iniziò a leccarle un capezzolo.

Jane aveva pensato che ci sarebbe andato piano, ma si era sbagliata di grosso. La succhiò talmente forte che sentì una fitta allo stomaco. A quel punto inarcò la schiena e gli si aggrappò ai bicipiti come se fosse questione di sopravvivenza.

Ondeggiò contro di lui fin quando Storm non dovette fermarla con una mano. Allora lui passò a succhiarle l'altro capezzolo e Jane rabbrividì a quella sensazione mista di piacere e dolore che le stava dando la bocca di lui. Non pensava che il seno fosse tanto sensibile, ma era anche vero che nessuno l'aveva mai trattata come Storm. Lei avrebbe voluto che si fermasse e continuasse allo stesso tempo: quell'uomo la eccitava e la confondeva come niente al mondo.

Lui le si staccò dal seno con uno schiocco e sorrise nel trovarla ansimante. "Porca miseria, Storm."

"Ti piace?" le domandò.

"Oh, sì."

Le sorrise compiaciuto e iniziò a esplorare il corpo di Jane sempre più in basso.

Sapeva di dover stare tranquilla: in passato aveva sia praticato che ricevuto sesso orale, ma il fatto che Storm la guardasse come dovesse mangiarla la metteva inspiegabilmente a disagio.

"Storm?"

"Sì, piccola?" le disse.

Quel nomignolo gentile le diede un brivido lungo la schiena. "Vacci piano," gli chiese.

Per un secondo pensò che l'avrebbe ignorata, ma poi lui annuì con un semplice cenno del capo e lei si rilassò. Iniziò a divaricarle le gambe. "Di più," le ordinò.

Jane piantò i piedi sul materasso e obbedì, così Storm le si sistemò subito con le spalle tra le cosce, al punto che lei sentì i muscoli bruciarle. L'indomani avrebbe avuto dolori dappertutto, ma non vedeva l'ora.

Lui le appoggiò una mano sulla pancia per tenerla ferma, mentre con l'altra iniziò ad accarezzarle le pieghe bagnate. "Quanto cazzo sei bella," le mormorò, poi chinò il capo su di lei.

Jane si irrigidì, pronta a tutto, ma quando lui le leccò leggermente le labbra, lei si rilassò completamente e si arrese all'estasi.

Storm passò i venti minuti successivi a venerarla, al punto che Jane si trovò a supplicarlo di continuare in preda alle contorsioni. Voleva che la toccasse più forte, che la succhiasse, amava sentire la dolcezza e la delicatezza di quelle carezze, ma lei voleva di più.

Quando Storm sollevò la testa, Jane gli vide il mento ricoperto dei propri succhi che luccicavano. "Reggiti," le disse.

"A cosa?"

"A me." Nel momento in cui Storm chinò di nuovo il capo, Jane capì perfettamente che la fase dolce e lenta era finita. La penetrò con un dito e iniziò a succhiarle il clitoride, con la stessa forza di un giocattolo erotico che le stimolava il punto più sensibile. Nel frattempo, piegava il dito all'interno di lei, con l'intento di fare pressione sul punto G.

Fu allora che Jane si rese conto che sarebbe venuta presto... e forte.

"Storm!" gridò, nonostante avesse tutti i muscoli contratti mentre inarcava la schiena. Gli infilò una mano tra i capelli, mentre con l'altra gli afferrò il polso che le riposava ancora sulla pancia.

Quando lui le gemette sul clitoride, Jane non ce la fece più: raggiunse l'apice del piacere con un orgasmo talmente intenso che le si annebbiò la vista. Nonostante lei si dimenasse sotto di lui, che le succhiava ancora il clitoride, Storm aggiunse un altro dito e continuò a scoparla intensamente.

Alla fine, quando quelle premure diventarono persino dolorose, Jane gracchiò: "Basta, è troppo!" Storm sollevò immediatamente la testa e tolse le dita, ma le rimase tra le gambe per leccarle i succhi di cui era l'artefice. Le leccò le labbra pigramente, senza sosta, chiaramente compiaciuto dei frutti del proprio lavoro.

Quando si sentì completamente prosciugata, Jane si distese sul materasso, ansimante come se avesse appena corso una maratona.

Storm, invece, si sollevò, ma lei non ebbe la forza di chiudere le gambe. Lui la sovrastò e allungò un braccio verso il comodino per aprire la scatola di preservativi e srotolarsene uno sull'incredibile erezione nel giro di pochi secondi.

"Posso toccarti adesso?" gli domandò.

Lui esitò per un attimo, ma poi acconsentì.

Dato che le era inginocchiato tra le gambe, Jane gli afferrò l'uccello. Era grosso, pulsante, il più lungo che avesse mai visto, ma quel pensiero non la impauriva, anzi, la eccitava. Sperò di riuscire a dargli piacere tanto quanto lui ne aveva dato a lei.

"Pronta?" le chiese Storm, mentre le allargava di nuovo le gambe.

Jane annuì, alzò una gamba e gliela avvolse intorno a una coscia, mentre lui se lo prese in mano e iniziò a strofinarle la cappella sulle pieghe. Che sensazione sublime.

Doveva esserlo anche per lui, perché gli pulsavano le vene sul collo dai gemiti.

"Ti avverto: finirò in fretta," le disse.

"Va bene," gli rispose.

A quel punto, Storm la penetrò con estrema lentezza, fin quando lei non percepì le palle premerle contro il sedere. Quando la sollevò con una mano per spingerla ancora più a sé, Jane si sentì completamente piena di lui, ma senza il minimo dolore.

"Cavolo, mi fai impazzire," le disse, senza staccare lo sguardo da quello di lei.

"Anche tu," gli rispose.

A quel punto Storm la colse del tutto di sorpresa: si sedette sui talloni e la trascinò a sé posizionandosi il sedere sulle cosce.

"Che fai?" gli domandò.

"Te l'ho detto: nel preciso istante in cui sarei stato dentro di te, sarei venuto nel giro di un secondo, sei troppo sexy. Voglio che tu venga di nuovo, prima."

Jane non era mai riuscita a venire durante il sesso, perché le era sempre servita una stimolazione diretta del clitoride e molti uomini non avevano saputo preoccuparsi anche del suo piacere durante il rapporto.

"Tranquillo," tentò di rassicurarlo. "Mi ha già dato l'orgasmo più forte che possa ricordare in tutta la mia vita, fidati."

"Bene," le rispose, soddisfatto. "Questa volta voglio sentirmelo sull'uccello."

Allora iniziò a farle pressione col pollice sul clitoride ancora sensibilissimo.

"Porca miseria!" esclamò Jane, mentre si contorceva sotto di lui.

"Quanto sei bagnata," le disse, mentre giocava con lei. "Hai un sapore magnifico, non vedo l'ora di assaggiarti di nuovo. Ti leccherò fino a lasciarti dolorante."

Quelle sconcerie erano assurdamente irresistibili. Nessuno le aveva mai parlato in quel modo, il che le dava davvero piacere: era appena venuta, ma già percepiva un altro orgasmo formarsi dentro di lei.

"Ci siamo, ti sento stringerti attorno a me. Che sensazione fantastica, non l'avevo mai provata prima. Continua così, vienimi sull'uccello, Jane. Strizzami."

Come se fosse programmata per obbedirgli, sorprendentemente Jane si sentì esplodere di nuovo.

"Oh, sì, cazzo. Che goduria sentirti così stretta... Cavolo, sto per venire. Aspetta un attimo, piccola," le disse Storm, che la sovrastò di nuovo e iniziò a spingere dentro di lei.

Jane avvertì quell'orgasmo prolungarsi all'infinito, tenuto vivo dalla grossa erezione di Storm che entrava e usciva da lei e svegliava terminazioni nervose che erano rimaste assopite per anni.

"Ti prenderò da dietro molto presto, piccola. Voglio vedere quel bel sedere ondeggiare mentre ti scopo. Accidenti, quanto sei bella."

Per la prima volta in tutta la vita, Jane si sentì *davvero* bella, grazie a quell'affascinante uomo virile che trovava piacere con lei e la guardava con affetto e brama. Jane voleva dargli tutto, tutto quello che lui avrebbe voluto, perché era sicura che lui avrebbe ricambiato dieci volte tanto.

"Oh cazzo, non ancora," esclamò Storm, ma ormai era troppo tardi. Si infilò di nuovo dentro di lei il più veloce possibile, poi gettò la testa all'indietro e venne tutto tremante.

Mentre era ancora sopra di lei, Jane gli accarezzò le braccia, per poi vederselo praticamente collassare addosso.

"Ecco, sono morto, mi hai fatto fuori," le disse,

stando attento a non farle male mentre le si stendeva sopra.

"O fai di tutto per vivere, o fai di tutto per morire," scherzò lei.

Con una risata di sorpresa, scivolò fuori da lei.

"Cavolo," disse, deluso.

Anche lei era delusa, ma quando Storm le si distese accanto e la prese tra le braccia, non poté lamentarsi. Aveva le braccia intrappolate contro di lui ed erano entrambi sudati, ma a lei non importava. Gli accarezzò il collo col naso e il petto con la punta delle dita.

"Tutto bene?" le chiese a bassa voce.

"Benissimo," gli rispose, senza fiato.

"Grazie," le fisse Storm.

"Mi hai rubato la battuta," scherzò Jane.

Lui, invece, rimase impassibile. "Grazie per avermi affidato il tuo corpo, per avermi fatto il regalo più bello che avessi mai ricevuto da anni."

"Il piacere è mio. Ti andrebbe di rimanere?"

A quelle parole, Storm sollevò il capo per guardarla negli occhi.

Jane ricambiò lo sguardo coraggiosamente. "Sì, voglio dire, mi piacerebbe che rimanessi, ma non so come funziona di solito."

"In che senso?"

"Sai, riguardo agli appuntamenti. Ho perso un po'

la mano."

"Non me ne frega niente di quello che fanno gli altri," affermò Storm deciso. "Se vuoi che rimanga, lo faccio con piacere. Stare con te sarebbe il modo migliore per passare queste quarantotto ore di ferie, e non solo di giorno."

Jane era consapevole di avere un sorriso ebete stampato in faccia, ma non poteva evitarlo. "A un certo punto, dovrai pure fare un salto a casa a prendere dei vestiti o altro."

"Certo," concordò lui. "Anzi, se per te va bene, potresti fare le valigie e venire da me. Domani sera posso preparare io la cena, così puoi passare la notte nel *mio* letto."

"Come è successo tutto questo?" chiese Jane, più a se stessa che a Storm.

"Mi hai conquistato col tuo coraggio e il tuo altruismo," le confessò onestamente. "Poi quando mi sono accorto di quanto fossi incantevole, acuta e divertente, mi sono arreso."

Jane alzò gli occhi al cielo.

"Guarda che dico sul serio," le disse. "Sei tutto ciò che un uomo potrebbe desiderare. Mi dispiace solo che ti ho avuta davanti agli occhi per tanto tempo senza notarti davvero."

"Anche a me," ammise lei.

"Ma ora sono qui... e non vado da nessuna parte."

Jane non poteva esserne più felice. Tentò di confidarglielo, ma quando aprì la bocca le uscì solo uno sbadiglio.

Storm ridacchiò. "Stanca?"

"Sì, sono state due settimane di fuoco, per non parlare dei due orgasmi di stasera."

Le sorrise. "Sei stata spettacolare," le confessò. "Mi libero del preservativo, poi ci mettiamo a dormire."

"Va bene," concordò lei, compiaciuta del fatto che Storm si chinasse su di lei e le baciasse la fronte prima di lasciare il letto. Nel frattempo, Jane sistemò la coperta e i cuscini e rimase a guardarlo senza pudore mentre tornava in camere completamente nudo.

"Ti piace ciò che vedi, eh?" le domandò con un sorriso, mentre si infilava sotto le coperte e la stringeva a sé.

"Certo che sì," gli rispose, contenta.

"Anche a me," le disse lui, mentre le accarezzava le natiche sotto le lenzuola.

Jane si rannicchiò contro lui, felice come non mai. Nell'attimo preciso in cui ringraziò il cielo per essere stata notata da uno come Storm, cadde in un sonno profondo e soddisfatto.

CAPITOLO OTTO

Quando arrivò la domenica, Storm era già sicuro di essere completamente cotto di Jane. Non avvertiva neanche un briciolo dell'ansia che aveva provato a volte con altre donne con cui era uscito in passato, quando non aveva fatto altro che guardare l'orologio e trovare un modo per filare via, genuinamente deluso.

Certo, il sesso era stato fantastico, ma non era quella la ragione principale per cui si sentiva tanto attratto da lei. Semplicemente gli piaceva passare il proprio tempo con Jane, che non si lamentava delle sciocchezze ed era grata di tutti i piccoli gesti che le dedicavano lui o gli altri. Un giorno, per esempio, erano andati a fare la spesa e la cassiera le aveva dato un buono sconto dimenticato da un altro cliente: chi aveva assistito alla scena aveva sicuramente pensato che Jane avesse ricevuto uno sconto di cento dollari, invece era solo di cinquanta centesimi.

Storm amava anche quella certa timidezza. Aveva passato tutta la vita nel ruolo di protettore, il che gli piaceva: perciò, quando un tizio era andato a sbattere contro Jane talmente forte da farla quasi cadere, Storm era stato felice di difenderla.

Non riusciva a credere di conoscerla da tanto tempo, eppure di non aver saputo fino a quel momento che fosse una persona straordinaria. Il pensiero lo disgustava, lo faceva sentire stupido. Data la timidezza, era sicuro che non avrebbe fatto lei la prima mossa e ringraziò il cielo di essersi accorto di quel diamante che aveva proprio sotto il naso.

"Cos'hai in programma per questa settimana?" gli domandò, mentre erano accanto alla vecchia Toyota Camry nera di Jane nel parcheggio del complesso residenziale dove abitava Storm.

"Riunioni e ricerche, perlopiù. Poi devo anche aiutare Dag a spulciare negli atti della corte marziale," le spiegò. "Mi ha detto di non avere bisogno di aiuto, ma voglio arrivare in fondo alla faccenda, sia perché è un mio amico e non voglio saperlo in pericolo, sia perché non voglio che tu sia coinvolta più di così."

"Ma hai già tanti impegni," osservò lei.

"Lo so, ma riunioni e ricerche sono all'ordine del giorno, quindi non sono un problema."

Jane arricciò il naso, era adorabile. "Non mi sembra una passeggiata."

Storm ridacchiò. "Non è tanto male, ci sono abituato."

Lei annuì.

Poi lui ebbe come un'illuminazione. "Questo fine settimana c'è una rimpatriata di SEAL sulla spiaggia. Ti va di venire con me?"

Jane strabuzzò gli occhi dalla sorpresa. "Davvero?"

Dopo il weekend passato insieme, Storm si sentì leggermente irritato da quella sorpresa. "Sì, davvero."

Jane si accorse di quel cambio di umore, perciò gli appoggiò una mano sul petto, proprio sul cuore, e lo accarezzò come se fosse un animale feroce in cerca di conforto. "È solo che... ci frequentiamo da poco e non ero sicura che tu volessi far sapere di noi ai colleghi... Beh, a parte quelli che sono già al corrente."

Storm la guardò accigliato. "Siamo perfettamente nelle regole: tu non sei nella Marina, quindi non c'è nessuna violazione dei regolamenti."

"Lo so," si affrettò a rispondere lei. "Ma... la situazione diventerebbe imbarazzante se noi..." Lasciò la frase in sospeso.

Storm avanzò verso di lei fino a schiacciarla con la schiena contro l'auto.

"Che fai?"

"Non pensare che ci lasceremo ancora prima che ci siamo messi insieme," disse aspramente.

"Non lo penso affatto. Dico solo che... tu sei tu e io sono io."

"Che diavolo significa?" le domandò.

Jane si morse un labbro e alzò lo sguardo verso di lui, sconfortata.

Storm le prese il viso tra le mani con un respiro profondo, si chinò verso di lei e appoggiò la fronte sulla sua. "Tu mi piaci un sacco, Jane. Non so molto dei deficienti con cui sei uscita in passato, ma nessuno alla base penserà mai che noi due non dovremmo stare insieme. Anzi, probabilmente sarò io quello che prenderanno in disparte per avvertirmi di non prendermi gioco di te."

"Anche tu mi piaci," sussurrò lei. "È solo che mi terrorizza pensare che magari un bel giorno ti sveglierai chiedendoti perché diamine stai con me. Ho una figlia adulta con cui non ho un rapporto esattamente roseo, nonostante negli ultimi anni sia migliorato. In più ho una certa età e, anche se guadagno abbastanza per vivere, non navigo nell'oro."

Storm si ritrasse e la guardò dritta negli occhi. "E sei anche gentile, genuina, ti fai in quattro per aiutare in qualsiasi modo, lavori sodo e non ti approfitti di nessuno. Sai baciare divinamente e sei disinibita a letto. Mi fai sentire come l'uomo più fortunato del mondo."

Quando le sorrise, le si colorirono le guance in modo incantevole.

"Arrossisci ancora quando ti faccio dei complimenti," concluse lui. "Ti prego, dimmi che verrai con me, voglio metterti in mostra e farti vedere quanto riesce a essere accogliente la comunità dei SEAL."

"Va bene," bisbigliò lei.

"Perfetto," le rispose. "Jane?"

"Sì?" gli chiese.

"Abbiamo passato davvero un bel fine settimana. Mi sono divertito a passare del tempo con te, a vedere come prendi il caffè la mattina, come ti prepari per uscire... Le ultime quarantotto ore sono state tra i migliori momenti della mia vita, e non lo dico tanto per dire."

"Vale anche per me," concordò lei. "È incredibile che tu abbia azzeccato la giusta quantità di latte e zucchero che prendo col caffè, dopo avermi guardato prepararlo solo una volta," lo prese in giro. "Il mio ex non ci è mai riuscito, neanche dopo dieci anni di matrimonio."

"So che stiamo un po' correndo, ma non mi dispiacerebbe se rimanessi da me anche durante la settimana," le disse Storm. Quando lei lo guardò a occhi sgranati, lui si affrettò ad aggiungere: "Non ti sto chiedendo di venire a vivere da me, è decisamente presto, ma ti dirò che era tanto che non dormivo bene come questo weekend. Mi piacerebbe anche che cenassimo insieme più spesso e ci svegliassimo l'uno accanto all'altra."

"Devono essere davvero passati *secoli* dall'ultima volta che hai fatto sesso," lo canzonò lei.

Storm non si offese affatto, anzi, si sorprese di se stesso per averle proposto di rimanere da lui e poteva solo immaginare cosa stesse pensando lei. "Non ti nego che andare a letto con te è stato molto più intenso che con qualunque altra donna, ma non è questo il punto. Dico solo che... non voglio più tornare in una casa vuota, non dopo aver passato due giorni a sentire la tua risata, a guardarti leggere sul mio divano mentre lavoro. Mi piace averti intorno e vorrei trascorrere il più tempo possibile con te... anche fuori dalla camera da letto. Non che non voglia intimità con te, ma non sono più un ragazzino... Insomma, non ho bisogno di fare sesso tutte le sere, né è un mio desiderio."

Storm attese la risposta di Jane col fiato sospeso. "Sarebbe bello," gli disse dolcemente.

Lui si illuminò e scaricò una tensione che non si era neanche accorto di aver accumulato. "Bene, allora organizzeremo la settimana strada facendo."

"Perfetto."

"Però tieniti libera per venerdì sera: sabato c'è la rimpatriata dei SEAL e dobbiamo andare a comprare angurie prima di raggiungerli."

"Ci sarà tanta gente?" gli chiese esitante.

Storm non voleva spaventarla, ma neanche mentirle. "Sì, piccola. Sai che ce ne sono diverse squadre alla base e la festa è aperta anche alle famiglie. Non vedo l'ora di presentarti a Wolf, a Rocco, alle loro squadre e ai parenti."

Quando Jane si morse di nuovo il labbro, Storm non poté fare a meno di chinarsi per leccarglielo. "Andrà tutto bene. Te la caverai alla grande."

"Però quando arriviamo non lasciarmi in un angolino," gli disse dopo un momento. "Voglio dire, sono sicura che ti conosceranno tutti e vorranno parlare con te, ma io non conosco nessuno e mi trovo in difficoltà in grosse comitive."

"Non ti porterei mai in un posto per poi abbandonarti, fidati," affermò con onestà. "Ma ti garantisco che riconoscerai più persone di quanto pensi."

"Va bene," sospirò.

Jane non ne era ancora tanto convinta, ma sapeva che Storm avrebbe dato il meglio di sé per farla sentire a suo agio e guadagnarsi la sua fiducia. Si stavano ancora conoscendo, ma, più tempo passavano insieme, più lei si accorgeva di quanto fosse diverso dall'ex: non l'avrebbe trattata come uno zerbino e lasciata in balia di se stessa, condizione che Jane aveva vissuto per fin troppi anni. Nonostante gli avesse dimostrato quanto fosse indipendente e che non sarebbe crollata se avesse dovuto cavarsela da sola, Storm voleva comunque assicurarle che non era sola, che poteva contare su di lui.

"Guida piano," le disse a bassa voce. "Scrivimi quando arrivi, puoi anche chiamarmi."

"Va bene," gli rispose lei con un sorriso. "È bello avere qualcuno che si preoccupa per me, dopo tanto tempo."

"Facci l'abitudine," la avvisò lui. "Magari adesso ti sembrerò premuroso, ma ti stancherai di me quando diventerò iperprotettivo."

"Ne dubito," gli rispose. "Voglio dire, quando non sai nemmeno cosa significhi, è davvero una bella sensazione. Mi fa piacere sapere che mi vuoi al sicuro... a patto che non inizi a tracciare i miei movimenti come uno stalker psicopatico."

Storm si chinò verso di lei e la baciò. Sembravano passati secoli dall'ultima volta che aveva assaporato quelle labbra, ma in realtà non erano che venti minuti, proprio prima di lasciare casa. Jane si aprì immediatamente a lui, il che gli fece molto piacere.

Si ritrasse da lei di malavoglia, poi le baciò la fronte un'ultima volta e le aprì la portiera. Aspettò che si sistemasse e si mettesse la cintura di sicurezza, poi si chinò e le diede un ultimo rapido bacio. "Stai attenta."

Jane annuì e gli sorrise mentre lui le chiudeva lo sportello. Quando lo salutò con la mano, Storm le rispose con un cenno del capo. Rimase nel parcheggio fin quando i fari posteriori dell'auto sparirono all'orizzonte, poi fece un bel respiro e si diresse di nuovo verso la porta di casa.

Fu sorpreso di sentirla tanto vuota, quando rientrò. Aveva vissuto da solo per molto tempo, ma nel giro di due giorni Jane l'aveva riempita di risate e compagnia.

Si capiva davvero subito quando si era trovata la persona giusta. Jane gli aveva riempito dei vuoti di cui non aveva mai voluto ammettere l'esistenza. Storm non si pentì di averle chiesto di passare la notte da lui più spesso, anzi, non gli veniva in mente un rientro migliore, dopo una lunga giornata di lavoro. Non gli serviva che preparasse la cena, che pulisse casa... voleva solo chiacchierare e ridere con lei, coccolarsi.

———

Durante una pausa di quel mercoledì pomeriggio, Jane controllò il telefono e sorrise notando un messaggio di Storm.

• • •

Storm: Sono passati tre giorni. Ti andrebbe di passare la notte da me stasera?

Lei gli rispose in modo conciso ma molto sentito.

Jane: Certo!

Storm replicò immediatamente, come se fosse stato in attesa del messaggio di Jane.

Storm: Grazie al cielo. Dovrei staccare intorno alle cinque e mezza. Vieni pure dopo le sei, quando vuoi.

Jane: Va bene. Devo andare a casa a prepararmi ma, se non spuntano imprevisti catastrofici qui al lavoro, dovrei essere da te per le sei e mezza.

Storm: Perfetto. Preparo la cena.

Jane: Cos'hai in mente?

Storm: Quando sono rientrato per pranzo, ho preparato l'occorrente per uno spezzatino. Spero ti piaccia.

Jane: Che buono!

Storm: Hai gusti facili.

Jane: In realtà no. Ho gusti difficili in fatto di uomini, non mi piacciono i frutti di mare odio da morire il cavolo.

Storm: Peccato, l'avevo preparato proprio per stasera.
Jane: Ma va' là.
Storm: :)
Storm: Non vedo l'ora di vederti. Sembrano passati secoli dall'ultima volta.
Jane: Ci siamo visti stamattina per la posta.
Storm: Appunto, secoli.

Jane sospirò tutta contenta. Si aspettava che Storm volesse mantenere il romanticismo della vita quotidiana separato da quella lavorativa, ma si sbagliava. Certo, mentre erano alla base non pomiciavano platealmente, ma Storm non si faceva problemi a toccarla, baciarla sulla guancia e dirle che era felice di vederla.

Le mandava messaggi e mail dolci e, a tratti, anche smielate. Quando la chiamava, non si risparmiava mai in complimenti, le diceva quanto fosse felice di chiacchierare con lei e quanto ne avesse sentito la mancanza. Storm e gli altri uomini con cui era uscita erano diversi come il giorno e la notte. Tutto ciò quasi compensava il fatto di essersi trovati praticamente nudi dopo un attacco col gas lacrimogeno. Quasi.

· · ·

Jane: Ti porto qualcosa?

Storm: Solo te stessa.

Jane: Dai, non scherzare. Se hai bisogno, passo a comprare qualcosa.

Storm: Guarda che SONO serio. Porta te stessa e basta.

Jane: Va bene, a più tardi.

Storm: Non vedo l'ora.

Jane ripose il telefono in tasca. Storm la faceva sentire incredibilmente bene, il che la spaventava ma la ringiovaniva anche di vent'anni. Non se l'aspettava, non all'età che aveva.

Trasse un respiro profondo e tornò al lavoro più carica di prima: doveva finire di smistare la posta abbastanza in tempo da tornare a casa, preparare una borsa per la notte e andare da Storm. Stare con lui le aveva fatto capire quanto fosse rimasta sola. Si era fatta in quattro per crescere Rose e aveva speso un sacco di tempo ed energie a preoccuparsi per lei anche quando aveva lasciato casa... proprio come ogni buona madre che si rispetti.

Col passare degli anni, però, più si avvicinava alla pensione, più Jane aveva capito di averne ancora tanti dinanzi a sé, forse i migliori, e che avrebbe dovuto trovare qualcuno con cui trascorrerli: si sarebbe accontentata di un gruppo di amici, ma Storm era come un sogno divenuto realtà. Era nervosa all'idea di dover andare alla festa in spiaggia di quel fine settimana, ma si sarebbe impegnata a non farsi prendere troppo dall'ansia: preoccuparsi di piacere a quelle persone le avrebbe procurato solo altro stress.

Consapevole di doversi concentrare sul lavoro e accantonare il pensiero della serata con Storm in un angolo della mente, Jane afferrò un altro pacco di lettere.

———

Alle sei e mezza in punto, Jane bussò alla porta di Storm, che le aprì immediatamente. La accolse fra le braccia con un sorriso smagliante e chiuse la porta col piede.

"Ciao," le disse.

"Ciao," lo salutò lei.

Poi Storm le diede un lungo bacio appassionato, uno di quelli che non le sarebbero mai bastati. Quando lui sollevò il capo, le sorrise di nuovo e le spostò un ciuffo di capelli dalla fronte. "Quanto è bello rivederti. Dai, la cena è quasi pronta, devi avere fame."

Jane si lasciò trascinare in casa, divertita e compiaciuta di quanto le stringesse forte la mano. C'era un profumino delizioso, tanto che Jane non ricordava che qualcuno l'avesse mai viziata tanto. Meraviglioso.

Storm le prese la borsa dalle mani e la appoggiò vicino alle scale, per poi andare in cucina. Nel giro di venti minuti, si sedettero al piccolo tavolo appena fuori dalla cucina e Storm iniziò a raccontarle della giornata.

"Io e Dag abbiamo controllato gli atti e ristretto la cerchia dei sospettati a cinque."

"Così tanti?" gli chiese Jane, sorpresa.

"Eh sì. Ci sono molti uomini e donne d'onore nella Marina, ma ce ne sono anche parecchi che non si sono mai adeguati: c'è chi per pigrizia ha sempre cercato la strada più semplice per filarsela; però c'è anche chi ha commesso un errore stupido ma imperdonabile. Potremmo sbagliarci, ma siamo convinti che l'attentatore sia stato processato alla corte marziale e cacciato dalla Marina, qualcuno che ce l'abbia abbastanza con Dag da incolparlo di ciò che ha dovuto passare. Se questa persona fosse stata sottoposta solo a procedimento disciplinare interno, non vedo perché dovrebbe portare tanto rancore."

"Che ne pensano gli agenti dell'unità investigativa?" gli domandò Jane.

"Sono d'accordo con noi. Stanno rintracciando e interrogando il più alto numero possibile di militari espulsi nello scorso anno. Quando è possibile, interrogano anche i nuovi colleghi. So che è un processo lento e frustrante. Tu stai bene?"

"Io? Certo, perché me lo chiedi?" gli chiese Jane, stupita.

Storm allungò un braccio e la prese per mano. "Vuoi dirmi che non ti sono mai tornati in mente i brutti momenti che hai passato?"

Jane esitò. Avrebbe voluto dirgli che non era successo e che stava bene, ma non voleva mentirgli, quindi si limitò a fare spallucce. "Non violentemente."

Lo sguardo preoccupato che gli si dipinse sul volto la fece sciogliere. "Mi dispiace, piccola. So che non serve a molto dirlo, ma spero che col passare del tempo ti tranquillizzerai del fatto di non essere il bersaglio."

"Esatto, è proprio per questo che mi sento stupida ad avere gli incubi. Diciamo che ho solo avuto sfortuna nel trovarmi nel mezzo dello scontro a fuoco," gli disse.

"Non darti della stupida," la rincuorò Storm, che la prese di nuovo per mano. "Hai subito un trauma. È stato un attacco inaspettato che ti ha colta nel tuo luogo sicuro. Nessuno ti vieta di avere reazioni negative."

Jane annuì. "I sogni che faccio non sono tanto terrificanti: di solito mi sveglio proprio quando la bomba sta per esplodere. Per qualche secondo mi manca il respiro al ricordo del gas lacrimogeno che bruciava, ma poi mi accorgo che sono al sicuro perché era solo un sogno."

"Esatto, tu *sei* al sicuro," affermò Storm.

Jane gli sorrise. "Grazie."

Le strinse ancora la mano, poi entrambi finirono di mangiare tra una chiacchiera e l'altra, per continuare la conversazione sul divano. Jane non aveva mai parlato tanto a lungo del più e del meno senza sentirsi a disagio o senza silenzi imbarazzanti.

Solo quando a Storm sfuggì uno sbadiglio, Jane guardò l'orologio e si accorse che erano quasi le dieci: erano rimasti a parlare per ore. "Porca miseria," esclamò. "Quanto è tardi."

Storm ridacchiò. "A quanto pare. Pronta ad andare a letto?"

Detta in quel modo, sembrava una consuetudine: era solo la terza volta che passavano la notte insieme e sembrava già che la centesima. "Sì," gli rispose.

"Tu sali, io controllo un attimo che qui sia tutto in ordine e chiuso a chiave. Arrivo tra poco."

Jane apprezzò quei minuti che le diede Storm per ambientarsi. Con lui si sentiva a proprio agio, ma non ancora abbastanza da cambiarsi dinanzi a lui come se lo facesse da sempre.

Quando lei annuì e si alzò, Storm le afferrò la mano prima che potesse andarsene.

"Jane?"

"Sì?"

"Mi piace davvero passare le serate così. Sentiti libera di venire tutte le volte che vuoi. Se ti è più semplice, puoi lasciare anche, non so, un pigiama, dello shampoo, quello che vuoi."

Jane rimase a fissarlo per un secondo. "Sei sicuro?" gli chiese a bassa voce. "Non voglio approfittarmene."

Storm si alzò e le accarezzò la guancia con un dito. "Sono più che sicuro. Mi sento più rilassato e contento se ci sei anche tu."

Beh, quello *sì* che era un complimento formidabile.

Le passò il pollice sulle labbra, poi si alzò. "Vai, io arrivo tra un attimo."

Allora Jane prese la borsa e salì al piano di sopra. Quando entrò in camera, inspirò profondamente il profumo di lui, che era ovunque. Si mise velocemente i pantaloncini e la maglietta che indossava di solito per dormire e andò in bagno. Quando Storm la raggiunse, lei era già a letto a leggere dall'iPad.

Nel momento in cui la vide, Storm le rivolse un sorriso a trentadue denti. "Diamine, quanto è bello vederti lì," le sussurrò, poi se ne andò in bagno. Tornò qualche minuto dopo con indosso solo i boxer, spense la luce e si mise a letto accanto a lei.

"Ti dispiace se leggo un po'?" gli domandò.

"No," le rispose subito lui. "E a te dispiace se lascio la luce del bagno accesa? Non mi piace dormire nell'oscurità. Una volta mi hanno tenuto prigioniero e cerco di evitare il buio."

"Certo che no," gli disse, mentre le si stringeva il cuore per lui. Non si sarebbe lamentata neanche se le avesse chiesto di dormire con tutte le luci accese. Come avrebbe potuto, dopo tutto ciò che Storm aveva dovuto passare?

"Grazie," le rispose, poi aggiustò il cuscino, le si avvicinò, si allungò su un fianco e le cinse la vita con un braccio.

Jane rimase lì accanto a lui a far finta di leggere per svariati minuti, fin quando non pensò si fosse addormentato: quando lo guardò, aveva gli occhi chiusi, la bocca mezza aperta e il respiro regolare. Jane gli osservò la peluria sul petto e i muscoli in evidenza nonostante Storm stesse a riposo. Era un uomo talmente attraente che Jane non riusciva ancora a credere di essere davvero nel suo letto, con lui che la stava stringendo con un braccio come per paura che scappasse via mentre lui dormiva.

Jane amava leggere fino ad addormentarsi, ma quella sera non aveva bisogno di perdersi nei racconti dei suoi autori preferiti: stava vivendo la propria storia d'amore senza avere la minima idea di come fosse iniziata.

Storm voleva che lei restasse più a lungo, voleva che lei lasciasse la propria roba lì e Jane era perfettamente d'accordo.

Dopo aver appoggiato l'iPad sul comodino, si allungò sul letto.

"Tutto bene?" bisbigliò Storm, che le fece sciogliere il cuore ancora di più. Si preoccupava per lei nonostante fosse mezzo addormentato.

"Certo, torna pure a dormire," gli disse delicatamente.

A quel punto Storm si mise supino e spinse verso di sé Jane, che gli appoggiò la testa sulla spalla e gli si rannicchiò contro. Lui la cinse di nuovo con un braccio e le rivolse un sospiro soddisfatto. Lei gli appoggiò il braccio sull'addome, mentre lui le posò la mano calda sull'avambraccio.

Erano fusi l'uno all'altra, tanto che Jane non era mai stata tanto comoda.

"Spero che tra le mie braccia non avrai incubi, ma in ogni caso sono qui," le disse a bassa voce, poi le baciò la fronte. Neanche una manciata di secondi dopo, Jane lo sentì russare, ma non aveva importanza se aveva pronunciato quelle parole lucidamente oppure no: Jane ne avrebbe fatto tesoro per sempre.

Aveva la sensazione che, dopo aver dormito con Storm, non sarebbe mai più riuscita a dormire da sola in un letto matrimoniale. A ogni modo, chiuse gli occhi e si addormentò profondamente tra sospiri compiaciuti.

———

Il mattino seguente, Storm si svegliò per primo e nel giro di un paio di secondi si ricordò che Jane aveva passato la notte da lui. La vide grazie alla luce proveniente dal bagno: dormiva su un fianco proprio accanto a lui. Si ricordò di averla stretta tra le braccia la notte prima, ma ovviamente nel sonno si erano spostati. Il cuore gli spiccò il volo quando si accorse che lei aveva allungato il braccio mentre dormiva, per toccarlo: aveva la mano appoggiata sull'avambraccio di lui, quella leggera pressione sembrava un marchio, un marchio che a Storm piaceva da impazzire.

Perse il conto dei minuti passati a guardare Jane dormire. Nonostante fosse ancora buio, l'orologio biologico gli diceva che la sveglia sarebbe suonata presto. Dovevano andare entrambi al lavoro, ma Storm era sicuro che avrebbe conservato quel prezioso momento per sempre. Sperò di non dare mai per scontate la pace e la serenità di avere Jane accanto. Con lei non provava ansia, fatta eccezione per ciò che riguardava la sicurezza di lei.

Nel momento in cui trillò la sveglia, Storm allungò un braccio per spegnerla, poi si voltò di nuovo verso Jane, che aveva aperto gli occhi e lo stava guardando.

"Buongiorno," le disse a bassa voce.

"'Giorno," gli rispose lei.

Adorò leggerle la sonnolenza negli occhi, anzi, non gli sarebbe dispiaciuto vederla fino alla fine dei propri giorni...

Quel pensiero avrebbe dovuto terrorizzarlo, ma non era così.

"Dormito bene?" le domandò.

"Non dormivo tanto bene da molto tempo... a parte lo scorso weekend."

Storm le sorrise. "Vuoi fare prima tu la doccia?" le chiese.

"Sì, a te servono tre secondi, mentre io impiego di più per prepararmi," gli disse lei con tono apatico.

Lei aveva ragione: Storm aveva imparato a lavarsi velocemente e non aveva mai perso l'abitudine. "Allora mentre tu sei in bagno, vado a fare il caffè. Vuoi un toast?"

"Sarebbe fantastico."

Quando fece per scendere dal letto, lei gli afferrò un braccio. "Storm?"

Si voltò verso di lei. "Sì, piccola?"

"Eri serio ieri sera?"

"Cioè?"

"Quando mi hai detto di rimanere più a lungo."

"Certo, al cento per cento," le rispose.

"Bene, perché credo proprio che non ci sia niente di più bello che addormentarmi tra le tue braccia e svegliarmi col tuo sorriso. Mi sembra di averti aspettato da una vita."

Storm giurò di sentire il cuore aumentare di tre taglie... proprio come era successo al Grinch nel romanzo omonimo. Allora si chinò e le diede un bacio leggero sulle labbra, come per dirle che quelle parole significavano tutto per lui. "Anche a me," le disse, con un fil di voce.

Prima di intraprendere attività che avrebbero fatto fare tardi a entrambi, Storm scese dal letto, si fermò brevemente in bagno, si mise un paio di boxer di cotone e uscì in corridoio. Quando si voltò, vide Jane andare in bagno: i pantaloncini che indossava le si erano alzati, fino a mostrare i glutei tondi. Gli bastò quella sola vista per eccitarsi.

Con un gemito sommesso, Storm si obbligò a lasciare la stanza e ad andare in cucina. Non aveva mai vissuto con una donna in quarantasette anni, ma al momento ne capiva il fascino solo perché si trattava di Jane. Lei era convinta di non essere abbastanza magra, di non avere il lavoro giusto… ma per lui era perfetta.

Quella mattina non avevano tempo di fare sesso, ma quel venerdì sera non glielo toglieva nessuno. Storm non stava più nella pelle.

———

Jane e Storm uscirono insieme da casa di lui e si avviarono verso il parcheggio.

"Dovremmo andare insieme alla base," le disse lui.

Jane scosse la testa. "Adoro stare con te, ma mi serve la macchina," gli rispose. "Certe volte vado a fare la spesa nella pausa pranzo e so che anche tu spesso devi lasciare la base. È più pratico se andiamo con due auto diverse."

Storm la guardò accigliato, ma lei lo trovò adorabile. "Lo so, ma non voglio separarmi da te neanche per quei dieci minuti che servono per andare alla base."

Jane scoppiò a ridere. "Credo proprio che sopravvivremo."

Le mise una mano sul braccio per voltarla verso di sé. "Come mi hai ridotto…" osservò lui.

"Come tu hai ridotto me," gli rispose lei.

"Dico sul serio. Due settimane fa pensavo solo al lavoro giorno e notte e odiavo tornare a casa. Ora non faccio che pensare tutto il tempo a te. Quando sento arrivare un messaggio, spero sempre che sia tuo e divento impaziente. Sto escogitando vari modi di sperimentare col cibo per provare ricette che possano piacerti. È come se... non avessi davvero vissuto fin quando non ti ho incontrata."

Porca miseria. Quello era il miglior complimento che Jane avesse mai ricevuto. "Anch'io mi sento così," gli confessò.

Storm inspirò profondamente. "Bene, hai ragione: meglio prendere due macchine, ma ciò non significa che l'idea mi faccia impazzire."

Jane scoppiò di nuovo a ridere.

"Ti seguo, guida piano."

"Certo," lo rassicurò.

Dato che il sole non era ancora sorto, era ancora buio. Jane era sempre rimasta stupita dalla velocità con cui si passava dalle tenebre alla luce del giorno: finalmente il sole spuntò in cielo.

Storm si chinò a baciarla, fu un bacio lungo, appassionato, che le fece arricciare le dita dei piedi. "Quando arriviamo davanti all'edificio, ti accompagno dentro."

"Va bene," concordò lei.

La baciò di nuovo, quella volta fu un bacio veloce, ma non meno potente; poi si voltò e si diresse verso la propria auto.

Jane aprì la cara vecchia Camry e saltò su. Mise la borsa della notte sul sedile del passeggero; era molto più leggera, dopo aver lasciato pigiama, vestiti e prodotti per la cura personale da Storm. Le sembrava un passo talmente importante che non poteva fare a meno di fissare la biancheria che si mischiava con quella di Storm nel cesto dei panni sporchi che lui aveva nell'armadio. Sì, stavano correndo, ma stavano bene insieme. Jane non aveva più vent'anni, sapeva cosa voleva e la risposta era Storm.

Sorrise fra sé e sé e avviò l'auto, diretta verso l'uscita. Guardò nello specchietto retrovisore e notò i fari della Golf di Storm. Nonostante fosse ancora presto e avesse ancora tutta la giornata davanti, Jane non si era mai sentita tanto sveglia ed energica come in quel momento.

CAPITOLO NOVE

Il sabato seguente, Jane seguiva nervosamente Storm, che la portava in spiaggia. Erano in ritardo, ma lei non se ne preoccupò più di tanto: Storm l'aveva tenuta sveglia ben oltre il consueto orario e non poteva lamentarsene.

Gliel'aveva leccata in totale venerazione e le aveva dato due orgasmi travolgenti, per poi metterla a novanta, accarezzarle il sedere e ripeterle quanto avesse fantasticato di prenderla da dietro.

Jane aveva già fatto sesso anale, ma le dimensioni del proprio sedere l'avevano sempre fatta sentire a disagio. Per quanto cercasse di perdere peso (un'impresa onestamente difficile), non riusciva mai a perdere grasso dal didietro; ma la notte prima, Storm le aveva fatto promettere che avrebbe smesso di provarci perché a lui piaceva troppo.

L'aveva presa con ardore e rapidità, a un certo punto l'aveva persino spinta sui gomiti mentre le scopava il sedere con tale adorazione che Jane non si sarebbe mai aspettata di sentirsi tanto valorizzata in quella posizione. Storm aveva capito benissimo che in realtà era *lei* a scoparlo mentre lui la chiamava per nome e la incoraggiava il più possibile a guardarlo negli occhi. Insomma: Storm era stato perfetto, al punto che erano crollati entrambi, si erano svegliati tardi e non gliene importava un bel niente.

Più si avvicinavano alla spiaggia affollata, più Jane si pentiva di quel ritardo: nell'istante preciso in cui vi misero piede, si ritrovarono gli occhi di tutti puntati addosso e lei si sentì travolta dalla solita timidezza.

Rallentò inconsciamente il passo e cominciò a pensare a delle scuse per poter andarsene in anticipo.

"Tranquilla, piccola," le disse Storm a bassa voce. "Va tutto bene."

Cavolo, era convinta di aver mascherato bene il disagio, ma alla fine si trattava dei colleghi di Storm, i suoi SEAL. Allora Jane sollevò il mento, si fece coraggio e promise a se stessa di non metterlo in imbarazzo per niente al mondo.

"Così ti voglio," le disse.

Persino quel piccolo incoraggiamento la fece sentire meglio.

Insieme raggiunsero l'ammiraglio di divisione Dag

Creasy. Era diverso da come Jane lo vedeva di solito, con il costume e una canottiera al posto dell'uniforme. Aveva solo pochi anni in più di lei, ma era ancora notevolmente in forma.

"Finalmente, era ora," disse Dag a Storm per prenderlo in giro.

Storm non fece una piega e si limitò a scrollare le spalle. "Mi rimproveri perché mi sono alzato tardi? Meno male che sei tu quello che mi dice sempre che devo rilassarmi di più."

L'ammiraglio gli sorrise. "Vero." Si voltò verso Jane. "Bello rivederti, Jane. Come stai?"

"Sto bene, signore," gli disse.

"Niente formalità, oggi," le rispose immediatamente. "Chiamami Dag."

"Va bene, signore...ehm...Dag," gli disse Jane, imbarazzata.

La bella donna accanto a Dag le sorrise e le tese la mano. "Ciao, io sono Brenae, la moglie di Dag. Piacere di conoscerti."

"Jane, piacere."

"Scusatemi, avrei dovuto presentarvi," esordì Storm, che stringeva ancora la mano di Jane. "Jane lavora nel nostro edificio come responsabile della posta. Fa un lavoro pazzesco a organizzare tutta la roba che ci mandano. Le operazioni alla base non sarebbero le stesse, senza di lei."

Jane arrossì. "Dai, non esageriamo," disse a Brenae.

"Ne dubito," le rispose la donna. "Conosco Storm e so che non regala complimenti a nessuno. Se l'ha detto è perché ci crede." A quel punto lo sguardo le cadde sulle loro mani intrecciate. "Benvenuti nella nostra famiglia," disse a entrambi con un sorriso.

"Ah, ma..."

"Grazie." Storm interruppe qualunque osservazione Jane stesse per fare.

"Laggiù ho visto Rocco e gli altri, mentre Wolf e la sua squadra si sono accaparrati il magnifico tratto di spiaggia là vicino," li informò Storm. "Hanno tutti chiesto di te: sbrigati con i convenevoli, così puoi prendere un drink a Jane."

"Mi sembra un'ottima idea."

"Ah comunque, so che è sabato per tutti, ma volevo dirti che ieri ha chiamato l'unità investigativa: forse abbiamo il nome dell'attentatore."

"Davvero?" gli chiese Storm. "Chi è?"

"Il luogotenente Simon Sandburg."

Jane alzò lo sguardo verso Storm, che le diede l'impressione di non aver riconosciuto quel nome. Anche Dag doveva aver pensato lo stesso, perché proseguì.

"Ha subito un processo alla corte marziale per appropriazione indebita di proprietà governative."

"Ah giusto," gli rispose Storm annuendo. "Mi ricordo quel caso. Era il tizio responsabile dell'artiglieria pesante e faceva la cresta sul lavoro dei suoi uomini per la gente locale, vero?"

"Esatto, proprio lui. Non è stato neanche in grado di rendere conto di diversi camion che rientravano negli Stati Uniti. Dopo aver tracciato le operazioni, l'unità investigativa ha segnalato parecchi depositi non identificati, ma lui si è rifiutato di confessare dove ha nascosto il denaro," spiegò Dag. "Ha subito il processo sei mesi fa, ma è ancora nei paraggi. Non si è fatto problemi a dire a chiunque che l'avevano fregato e che le persone che dovevano essere davvero rimesse in riga erano i comandanti della base."

"Che sono stati tutti dichiarati innocenti, giusto?" gli chiese Storm.

"Assolutamente sì. Sandburg invece è stato dichiarato colpevole ed è profondamente amareggiato per il congedo con disonore. Da quando è stato sbattuto fuori, non ha trovato lavoro, anzi, mi hanno riferito che passa buona parte del tempo ad affogare i dispiaceri nell'alcol nei pub di zona. Il peggio di tutta la faccenda è che la moglie sgobba dalla mattina alla sera per far rimanere entrambi a galla, eppure pare che tra qualche mese verranno sfrattati."

Storm si lasciò sfuggire un fischio. "Beh, sicuramente ha un movente."

"Eh sì. A ogni modo, volevo solo informarti. L'unità investigativa e la polizia locale lo interrogheranno questo fine settimana." Dag guardò Jane. "Quindi non dovrai guardarti le spalle ancora tanto a lungo."

"Bene," gli rispose Jane, che non voleva ammettere di non essere troppo preoccupata. Si ricordava di dover badare a se stessa, soprattutto dopo che Storm glielo aveva rammentato, ma lei non aveva mai pensato che ci fosse davvero qualcuno a pedinarla. Jane non c'entrava niente col congedo di Sandburg, motivo per il quale lui non poteva stare sulle sue tracce.

"Dag, ti amo, ma per ora può bastare: stiamo qui a rilassarci e divertirci, niente lavoro," lo rimproverò benevolmente Brenae.

"Scusa, tesoro, hai ragione. Ne parliamo un'altra volta," disse Dag a Storm.

Storm salutò l'ammiraglio con un cenno del capo, poi tirò Jane per andarsene.

"È stato un piacere, Brenae," le disse ad alta voce, mentre Storm la conduceva verso i suoi uomini.

"Anche per me!" le rispose la donna, mentre la salutava sorridente. "Divertitevi!"

Storm non le diede neanche il tempo di prepararsi per le presentazioni, che già si ritrovarono circondati di SEAL.

"Buonasera, signore!"

"Ciao North, che bello vederti!"

"È in ritardo!"

Storm fu inondato di saluti e Jane non poté fare a meno di sorridere: quegli uomini sembravano molto alla mano, ma le piaceva l'idea che non esitassero a rimproverare il comandante. Per quanto ne sapeva Jane, se erano tanto rilassati con lui, significava che Storm sapeva fare il capo.

"Sì, sì, va bene," disse Storm alla squadra. "Senza offesa, ma preferisco passare la mattinata a guardare Jane piuttosto che i vostri musi."

Scoppiarono tutti a ridere e Jane non poté fare a meno di arrossire con un sorriso sulle labbra.

"Ragazzi, vi presento Jane, sicuramente l'avete incontrata alla base. Jane, ti presento Rocco, Gumby, Ace, Bubba, Rex e Phantom. Sono una squadra di SEAL fenomenali, anche se sembrano un po' bifolchi."

"È un piacere," le disse Rocco, che le tese una mano.

Jane la strinse. "Anche per me," gli rispose, poi si presentò al resto del gruppo. Quando arrivò da Phantom, lui le strinse la mano un po' più a lungo del necessario. A quello sguardo, Jane ebbe l'impressione che volesse esaminarla. Quando l'uomo annuì e lasciò la presa, lei non capì cosa stesse cercando, ma sperò che non fosse troppo deluso da ciò che aveva trovato.

"Ho sentito parlare di te, Phantom," disse al colosso. "Positivamente, certo," si affrettò ad aggiungere.

"Allora chiunque ti abbia raccontato di me ti ha mentito," le disse con calma, e gli amici si misero a ridere.

Jane rimase seria e scosse la testa. "No, so che ti descrivono tutti come un uomo scontroso, ma hai rischiato la vita e la carriera per salvare una donna che ne aveva disperato bisogno. Le persone come te hanno tutta la mia stima."

Jane sentì Storm stringerle la mano, ma non distolse lo sguardo da Phantom.

Lui rimase a fissarla a lungo, poi annuì e si rivolse a Storm. "È quella giusta per te," gli disse, poi girò i tacchi e raggiunse la donna dai capelli rossi alle proprie spalle.

"Detto da Phantom, vale più di mille parole," le disse Rocco. "Ti abbiamo vista tutti alla base e ti siamo grati per l'efficienza. Mi ricordo che una volta mi hanno chiamato in sala smistamento perché aspettavo un pacco importante: teoricamente doveva essere già arrivato alla base, ma nessuno sapeva dove diavolo fosse finito. Sei stata tu a prenderti la briga di tracciarlo personalmente e alla fine hai scoperto che l'avevano consegnato all'ufficio sbagliato: il segretario che c'era era un nuovo arrivato, ancora alle prime armi. Il tuo impegno mi ha fatto molto piacere."

Jane annuì, ma non si ricordava precisamente di quell'episodio, dato che passava parecchio tempo alla ricerca di lettere e pacchi consegnati ai destinatari sbagliati. "Sono contenta di esserti stata utile."

Proprio in quel momento, una bambina corse verso Ace e lo abbracciò in vita. "Papà, vieni a giocare!" lo supplicò. Allora Ace la prese in braccio e la mise a testa in giù facendola urlare. "Ah sì, vuoi giocare, Rani?" le chiese, poi rivolse un sorriso a Jane e si diresse verso altre due bambine che non vedevano l'ora di giocare col papà. Una donna bionda, che Jane pensò essere la moglie di Ace, scosse la testa di fronte a quel baccano.

Anche gli uomini di Rocco andarono a conoscerla uno per uno, per poi raggiungere le relative famiglie. Se Jane si fosse ritrovata a quella festa in spiaggia da sola, non avrebbe mai immaginato che fosse piena di SEAL letali.

"Pronta a conoscere l'altra squadra?" le chiese Storm.

Jane inspirò profondamente. "Diamoci dentro," mormorò.

Storm ridacchiò e si chinò a baciarle la guancia. "Per quel che vale... sappi che sei piaciuta a tutti."

Jane alzò gli occhi al cielo.

"Che c'è? È la verità," insisté lui.

"Storm, sei il loro capo, non ti farebbero mai capire se gli sto antipatica. E poi parlare per due minuti non è abbastanza per capire che gli sono piaciuta oppure no."

"Ti sbagli," la corresse Storm immediatamente. "Anni fa ho commesso l'errore di portare qui una donna con cui mi frequentavo senza impegno ed è stato subito chiarissimo che non pensavano fosse quella giusta per me. Sono persone molto dirette."

"Come te l'hanno fatto capire?" gli domandò Jane.

Storm scrollò le spalle. "Da piccoli segnali: non le hanno stretto la mano, non hanno fatto convenevoli, mi hanno parlato come se lei non esistesse. A dirla tutta, sono stati piuttosto maleducati, ma hanno reso l'idea. Quindi, piccola, sappi che hai la loro benedizione."

"Allora cosa *siamo* noi due?"

"In che senso?" le chiese, corrucciato.

"Hai detto che hai portato una donna con cui ti frequentavi senza impegno. Non è lo stesso che facciamo noi?" Non sopportava quell'insicurezza, ma non poté fare a meno di chiederglielo.

"No," affermò Storm con decisione. "Noi non ci stiamo frequentando senza impegno. In quel caso, non ti sveglieresti sempre nel mio letto. Le donne con cui ho dormito tutta la notte si contano sulle dita di una mano."

Jane rimase a guardarlo scioccata. "Davvero?"

"Davvero," confermò lui. "Ora, sei pronta a conoscere Wolf e gli altri?"

Lei annuì; nonostante il rimprovero benevolo, si sentiva speciale.

Le presentazioni con la seconda squadra di SEAL andarono come con quella di Rocco. I ragazzi furono cortesi, le loro mogli incredibilmente aperte e amichevoli e i figli ben educati. Sembravano tutti entusiasti di conoscerla.

Dopo quei nuovi incontri, Jane si rilassò per la prima volta nella giornata, felice che le presentazioni fossero finite e che potesse godersi la mattinata seduta accanto a Storm.

Rimasero alla festa per un paio d'ore a ridere tra loro, Jane andò anche insieme ad alcune mogli che accompagnavano i bambini a prendere la granita.

Tutto sommato, avevano passato una bellissima giornata. Jane non avrebbe dovuto essere sorpresa che la conoscessero già tutti, eppure non poté farne a meno. Frequentava la base da moltissimo tempo e l'impegno e l'attenzione al dettaglio con cui lavorava avevano avuto un impatto più grande di quanto immaginasse.

Mentre tornavano a casa, Storm le stringeva come

al solito la mano, poi le rivolse uno sguardo. "Sembri... soddisfatta."

"È così," gli rispose immediatamente.

"Hai avuto un gran successo, non avevo dubbi che saresti piaciuta a tutti."

"È stato davvero un piacere conoscere tutti i tuoi colleghi. Adesso capisco perché lavori tanto sodo per trovare tutte le informazioni possibili prima che partano in missione."

Storm annuì con serietà. "Sono gli uomini migliori che conosca. Non mi perdonerei mai se dovessi mandarli allo sbaraglio e qualcuno ne uscisse ferito o non ne tornasse vivo. Hai conosciuto anche le famiglie: non voglio privarle di un padre, di un marito."

"Ci sono anche squadre che non erano alla festa, vero?" gli domandò.

Storm confermò. "Sì. Wolf e suoi, per esempio, non sono più attivi sul campo, ma rimangono alla base per addestrare le nuove reclute. Però ci sono altre due squadre con cui collaboro e che non sono potute venire oggi. Una è in fase di addestramento, l'altra è in missione alle Hawaii."

"Beh, non dev'essere tanto male," osservò Jane con un sorriso.

"Ah sì, le Hawaii sono un bellissimo posto, ma i membri della squadra che li affianca amano tormentare chiunque voglia addestrarsi con loro. Per di più, lì è molto più umido che nella California meridionale. Certo, i miei ragazzi si adattano a tutto, ma è comunque una faticaccia," ridacchiò Storm.

"Li hai conosciuti?" gli chiese Jane, curiosissima di sapere tutto sui collaboratori di Storm.

"Ho conosciuto il capo, Mustang. Ha partecipato al processo di Phantom come testimone e l'ha sostenuto al cento per cento."

"Davvero? Conosce anche Phantom?" gli domandò lei.

"Sì, Phantom e Kalee sono stati un po' di tempo con lui e la squadra, quando erano alle Hawaii. Sai, la comunità SEAL è molto affiatata."

Jane annuì: le avevano raccontato di quando Phantom aveva portato Kalee alle Hawaii per farla riabituare alla vita normale, dopo essere stata prigioniera dei rivoltosi di Timor Est. Era lì che Phantom l'aveva salvata.

"Mustang, Midas, Aleck, Pid, Jag e Slate sono delle persone straordinarie."

"Credo proprio che lo diresti di *tutte* le squadre SEAL," lo prese in giro Jane.

"In realtà, no," le rispose lui, serio. "Voglio dire, hanno tutti una tecnica infallibile, ma il fatto è semplicemente che alcune squadre collaborano meglio di altre, insomma, i membri vanno subito d'accordo e lavorano insieme come in un meccanismo perfetto.”

“Ti capisco, anch’io ho dei dipendenti così.”

Storm le rivolse un sorriso. “Sono contento che tu ti sia divertita oggi. Hai già legato con le signore, mi sembra.”

“È vero, sono state molto accoglienti e calorose, ma so che è solo perché ero con te.”

“No no, sono fatte così e basta,” la corresse Storm. “E perché tu sei un tipo alla mano. Anch’io ho avuto la stessa sensazione sin dall’inizio: trasmetti tanta calma che ogni volta che sono con te mi sento più rilassato.”

Jane non sapeva cosa rispondergli, perciò si limitò a sorridergli.

“Dunque, oggi hai preso un bel po’ di sole,” osservò lui. “Ti piace anche farti il bagno?”

“Moltissimo, perché?”

“Perché pensavo di preparartene uno, una volta rientrati. Tu puoi riposarti nella vasca, mentre io preparo una cena leggera. Poi magari potremmo guardare uno dei mille film che stanno prendendo polvere sullo scaffale.”

“Sarebbe fantastico,” gli disse. Per quanto adorasse fare l’amore con lui, Jane non era più giovane come un tempo e l’intera giornata a socializzare sotto il sole l’aveva notevolmente stancata. Una serata tranquilla a farsi le coccole col suo uomo davanti alla TV le sembrava una favola. "Però non devi sempre cucinare per me," protestò.

"Guarda che lo faccio con piacere," le disse con franchezza. "Cucinare solo per me è una noia mortale, invece adoro viziarti."

"Allora chi sono io per rifiutare?" gli disse, poi cambiò argomento. "Dag ti sembrava preoccupato per Sandburg?" Ogni tanto le era tornata in mente quella conversazione, le dava fastidio che Dag potesse essere ancora in pericolo.

Storm scosse la testa. "No, ora che l'unità investigativa è sulle sue tracce, non sarà una minaccia ancora per molto. Sono sicuro che risolveranno la faccenda entro lunedì, poi potremo stare tranquilli."

"Fin quando il prossimo non penserà di risolvere i propri problemi con la violenza, come se potesse farlo sentire meglio," mormorò Jane.

"Vero. Adesso, però, pensiamo a goderci questa serata e il weekend da soli."

"Naturalmente," rispose Jane immediatamente.

"Dormi pure, se vuoi. Con tutto questo traffico, ci vorrà almeno un'altra mezz'ora per tornare a casa."

Casa. Quella parola le piaceva più di quanto avrebbe dovuto, considerato che lei e Storm si frequentavano ancora da poco. Eppure, Jane si limitò ad annuire e si rilassò sul sedile.

CAPITOLO DIECI

All'inizio di quel lunedì mattina, Storm aveva la quasi totale certezza di voler trascorrere il resto della vita con Jane. Avevano passato un fine settimana strepitoso, si intendevano talmente bene che era come se si conoscessero da sempre.

Quando arrivava a quel punto della relazione, Storm si sentiva sempre agitato, ansioso di tornare alla routine solitaria. Eppure, non riusciva a immaginare di passare anche un solo giorno senza Jane. Aveva passato una vita intera a cercarla, ma non l'aveva capito fin quando non avevano iniziato a conoscersi. Se avesse creduto al fato, avrebbe detto che erano destinati a stare insieme. Magari era il fato, o magari loro erano la reincarnazione di due amanti... in ogni caso Storm se la sarebbe tenuta stretta a tutti i costi, l'avrebbe trattata talmente bene che Jane non l'avrebbe mai lasciato.

Il pomeriggio precedente avevano fatto l'amore con estrema lentezza. Storm non si sarebbe mai immaginato di poter avere una relazione in cui le coccole erano appaganti tanto quanto il sesso, eppure con Jane si era dovuto ricredere.

Per la prima volta in tutta la carriera, gli pesava tornare al 'mondo reale', al punto che non vedeva l'ora di costruirsi una vita fuori dalla Marina. Aveva dato tutto per servire il paese ed era davvero impaziente di potersi alzare all'ora che voleva al mattino, per di più accanto a Jane.

Chiuse la porta a chiave e si diresse verso il parcheggio, con lei che gli camminava accanto. Storm aveva guidato per lei per tutto il weekend e non voleva davvero separarsene, ma lei era pur sempre una donna perfettamente autonoma e, in quanto tale, aveva anche lei del lavoro da sbrigare.

"Oggi hai un po' di tempo in pausa pranzo?" le chiese.

Jane scosse la testa. "Di lunedì di solito no, abbiamo in arretrato tutta la posta di sabato scorso ed è meglio saltare il pranzo per recuperare ed evitare che si accumuli ancora di più."

"Torni da me stasera?" le domandò, speranzoso.

Jane si voltò verso di lui. "Vuoi davvero... non è che stiamo correndo un po' troppo?" gli chiese.

"No," si affrettò a risponderle lui. "Voglio dire, sì, stiamo andando veloci, ma credo che sia giusto così... oppure no?"

"Sì, lo penso anch'io, ma non voglio assolutamente che andiamo tanto di fretta che poi te ne penti."

"Non succederà," affermò Storm, deciso. "Ma se vuoi rallentare, rispetto la tua decisione."

"Potresti venire tu da me..." gli disse lei, che lasciò la frase in sospeso, un po' esitante.

"Affare fatto," le rispose lui.

"Certo, non ho un letto grande come il tuo e la tua cucina è migliore della mia," osservò lei.

"Non fa niente, voglio solo stare con te." A quelle parole, la notò arrossire.

"Sei troppo per me," gli disse Jane.

"Non dirlo neanche," affermò Storm, che poi si chinò per darle un bacio fugace. "Andiamo, sennò arriviamo tardi al lavoro. Ti seguo, come al solito." Storm amava il fatto che andassero alla base alla stessa ora. Avrebbe preferito accompagnarla con la propria auto, ma entrambi avevano davvero bisogno della macchina, nel caso in cui avessero dovuto lasciare il posto di lavoro durante la giornata. Storm non vedeva l'ora che Jane gli chiedesse di prendere in prestito la Golf, magari per andare a fare la spesa, ma per il momento andava tutto bene così.

"Va bene, fai attenzione."

"Anche tu, piccola," le rispose Storm, che le strinse la mano ancora una volta, poi se ne andò verso la propria auto. Quando si voltò un'ultima volta, vide Jane che lo guardava, allora le rivolse un cenno del capo; lei lo salutò con la mano, per poi andare verso la Camry. Quando il venerdì precedente era andata da lui, Jane non aveva trovato posto nel parcheggio, per cui aveva dovuto lasciare l'auto lontana da quella di Storm.

Storm raggiunse la macchina, la avviò, diede un ultimo sguardo alle mail, infine inserì la retromarcia e partì. Quando accostò nei paraggi dell'auto di Jane, la vide già uscire dal parcheggio, il che gli sembrò inusuale, dato che di solito aspettava che lui la seguisse, ma Storm non ci fece caso più di tanto. Erano leggermente in ritardo, forse perché, dopo aver spento la sveglia, lui era voluto rimanere a letto altri dieci minuti solo per stringerla a sé. Forse Jane era semplicemente preoccupata di non arrivare puntuale.

Storm uscì dal parcheggiò e la raggiunse in poco tempo, ma poi notò qualcosa di strano.

Impiegò un momento per mettere a fuoco, ma quando capì di cosa si trattasse, gli venne un pessimo presentimento.

C'era qualcuno in macchina con Jane sul sedile del passeggero. Chi avrebbe mai potuto chiederle un passaggio nei trenta secondi in cui l'aveva persa di vista?

Quando si fermarono a un semaforo, Jane non guardò nello specchietto retrovisore, né salutò Storm, come faceva di solito.

C'era qualcosa che non andava, Storm se lo sentiva nelle viscere e sapeva bene di non dover ignorare lo stesso istinto che gli aveva salvato la vita più di una volta, quando era ancora nei SEAL. Non provava quella sensazione in quel modo da molto tempo, ma non aveva dimenticato come fosse.

A quel punto, afferrò il cellulare e digitò un numero che aveva memorizzato da anni per qualsiasi evenienza: la polizia della Marina.

———

Jane strinse il volante e guardò fisso davanti a sé, terrorizzata di poter compiere un passo falso che potesse provocare la donna che aveva accanto. Neanche un minuto prima era tranquilla e felice, a ripensare a quanto era stato dolce Storm quella mattina; ma poi quella donna le aveva aperto la portiera del sedile passeggero e l'aveva costretta a guidare con un coltello puntato sul fianco.

A un certo punto, Jane sarebbe saltata volentieri fuori dall'auto, perché non avrebbe mai permesso a una persona come quella di portarla in un posto dove poterla uccidere e abbandonare facilmente. Il problema era che la donna le aveva detto di avere una bomba con sé: "Se non fai tutto quello che ti ordino, finiremo sparpagliate in così tanti pezzettini che nessuno riuscirà a rimetterci insieme."

Consapevole della verità di quelle parole, Jane si limitò ad avviare l'auto e guidare.

"Io sono Jane, tu come ti chiami?" le chiese, nel tentativo di familiarizzare con lei e abbassare le probabilità che la uccidesse.

"Non sarebbero affari tuoi, ma mi chiamo Carlin. Fai attenzione, altrimenti saltiamo in aria tutte e due. Ti ho vista in TV, comunque," le disse la donna con nonchalance, mentre Jane continuava a guidare verso la base. "Scommetto che il gas CS fa proprio male, eh?"

Carlin sembrava abbastanza calma, ma Jane non poté fare a meno di gettare lo sguardo verso la scatola che portava sulle gambe, una scatola del tutto comune. Se Carlin era stata in grado di fabbricare una bomba a gas, sicuramente aveva le capacità di essere molto più letale.

Jane si sentiva i palmi sudati sul volante e avrebbe voluto solo inviare qualche tipo di segnale a Storm.

Di certo la stava seguendo, ma Jane temeva che la donna la scoprisse e reagisse in modo drastico. Perciò aveva deciso di mantenere la calma e obbedirle... almeno per il momento.

"Eh sì, parecchio," le rispose Jane onestamente.

Carlin scrollò le spalle. "Il pacco non era per te," le disse, come per scusarsi. "Doveva aprirlo l'ammiraglio Creasy."

"Perché?" le chiese semplicemente Jane.

"Perché è uno stronzo!" le rispose. "Ha buttato fuori mio marito dalla Marina senza pensarci due volte. Simon si è sempre fatto in quattro per aiutare gli abitanti del posto quando andava in missione; non ruberebbe un centesimo a *nessuno*. Invece è stata tutta colpa dei comandanti e quando lui ha provato a spiegarlo, non l'hanno neanche ascoltato, l'hanno sbattuto fuori senza battere ciglio! Gli hanno rovinato la vita, e *anche* la mia."

Jane rimase ad ascoltarla allibita. Si ricordava della conversazione di Dag e Storm su Simon Sandburg: quella volta, avevano pensato che fosse lui l'attentatore, ma la situazione attuale suggeriva tutt'altro.

"Mi dispiace," le disse Jane, incerta su come poter trasmettere empatia e compassione allo stesso tempo. "Da quel che dici, state passando un brutto periodo."

"Ci puoi giurare," le disse Carlin. "Ho sgobbato come un mulo per mandare avanti la baracca e per incoraggiare Simon a trovare un nuovo lavoro, uno *qualsiasi*. Invece non fa altro che passare giornate al bar a sperperare i nostri risparmi per bere. Gli ho detto di rivolgerci a un avvocato che potesse provare la sua innocenza; ci sono state delle persone tanto gentili da fare una colletta per lui a questo scopo, ma Simon non vuole."

Jane avrebbe voluto alzare gli occhi al cielo, ma sarebbe stata una stupidaggine.

"Voglio dire, non c'è niente di male se un militare riceve dei regali di ringraziamento, invece quell'idiota di Creasy non l'ha voluto neanche ascoltare durante il processo. È durato solo dieci minuti, *dieci minuti*, e la nostra vita è andata in rovina. Brutto stronzo! Ci penso io a fargli rimpiangere di aver cacciato Simon."

"Cos'hai in mente di fare?" le chiese Jane, che aveva bisogno di saperlo, ma allo stesso tempo ne era terrorizzata.

"Beh, dopo che si sono calmate le acque, volevo colpire Creasy quando meno se l'aspettava, ma lo scorso fine settimana i detective sono venuti a casa a mettere Simon sotto torchio, quindi ho dovuto cambiare programma. Quei deficienti non lo lasceranno in pace fin quando non l'avranno completamente scoraggiato. Per questo devo entrare alla base," le disse Carlin. "L'ultima volta, non ho potuto inviare la bomba che volevo. Pensavo di aver perfezionato quella al gas CS in modo che esplodesse solo una volta aperto il pacco, ma evidentemente mi sbagliavo."

Eh sì, si sbagliava. "E poi?" le domandò Jane.

"Non posso entrare alla base da sola, perché hanno confiscato il cartellino militare di mio marito quando l'hanno processato, perciò dovrai farmi entrare *tu*. Tu mostri il tuo cartellino all'entrata e io la patente falsa che mi sono procurata. Se garantisci tu per me, andrà tutto liscio come l'olio e tu tornerai a casa sana e salva. Comportati bene e non fare niente di stupido," la intimò Carlin. "Ci metto un secondo a innescare la bomba e a far morire un sacco di gente."

Jane guardò nello specchietto retrovisore: Storm era dietro di loro, ma non le venne in mente nessun modo per poterlo avvertire di cosa stava succedendo e della donna che aveva accanto, senza che Carlin se ne accorgesse. "E Simon, invece?" le domandò Jane.

"Simon cosa?" controbatté Carlin.

"Cosa penserà di tutto questo?"

"Quando verrà a sapere quanto mi sono impegnata per vendicarlo, sarà fiero di me. A quel punto lasceremo questo paese di merda, troveremo un lavoro da un'altra parte e vivremo senza più pensieri. Simon ha bisogno di lasciarsi questa faccenda alle spalle e ci riuscirà solamente se Creasy non è più tra i piedi a rovinare la vita di qualcun altro."

Jane rimase ad ascoltarla terrorizzata. Era impossibile che quella donna pensasse davvero di lasciare una bomba alla base, uccidere un ammiraglio di divisione, sgattaiolare via e vivere felice e contenta, convinta che il marito approvasse tutto ciò e si riprendesse come se niente fosse.

La questione Jane, inoltre, sarebbe rimasta comunque in sospeso: Carlin l'aveva almeno preso in considerazione?

Quella donna le stava raccontando tutti i piani che aveva messo a punto, perciò doveva sapere che Jane si sarebbe rivolta alle autorità non appena uscita da quella macchina.

Consapevole di essere nei guai fino al collo e che Carlin avesse ancora qualcosa in serbo per lei, Jane diede il meglio di sé per mantenere la calma. Non poteva farsi prendere dal panico, doveva pensare a come reagire, a come saltare fuori dall'auto al primo momento utile.

Sarebbe potuta andare a scontrarsi da qualche parte volontariamente, ma ci ripensò, perché la bomba di Carlin sarebbe esplosa: non poteva coinvolgere persone innocenti in quel piano perfido e portare la loro vita sulla coscienza.

"Perché hai scelto me?" le chiese Jane lentamente.

Carlin scrollò le spalle. "Quando ti ho vista in TV, in realtà mi hai fatto pena, tu non c'entravi niente col mio piano di vendetta, sei solo una povera postina. Ti avevo rintracciata con l'intenzione di chiederti scusa... ma poi ti ho vista con *lui*."

"Chi? Creasy?" le chiese Jane, confusa.

"No, il suo amico, come diavolo si chiama... Mah, chi se ne importa. Comunque mentre ti pedinavo, ho capito che ci scopi, ma che andate al lavoro in macchine separate, perciò è stato facile nascondermi vicino alla tua auto e farti questa sorpresina. Dato che vai al letto col nemico, non mi fai più tanta pena," le disse Carlin, senza peli sulla lingua.

Jane aveva il cuore a mille. "Storm non è tuo nemico," le disse di getto, non poteva sentirla parlar male di lui.

"Invece sì!" insisté lei. "Dato che sta sempre con Creasy, anche lui avrà cacciato un sacco di militari dalla Marina, perciò sono *tutti* degli stronzi. E anche tu sei una troia, visto che te lo scopi, quindi non cambia niente se vivi o muori. Anzi, dato che ora sai tutto, tanto meglio se ti faccio fuori."

Carlin ipotizzava di ucciderla con tanta nonchalance e facilità che Jane rimase basita. Dopo tutto quello che le era successo da sposata, con l'adolescenza travagliata della figlia e col lavoro alla base durato tanti anni, non era facile che qualcosa la scioccasse in quel modo.

"Non fare l'eroe," le intimò Carlin, che le premette il coltello ancora più forte contro la carne.

Jane sussultò quando la punta della lama le trapassò la maglietta e le toccò la pelle. "Tranquilla, non succederà," rispose immediatamente, mentre cercava di allontanarsi dall'arma, ma purtroppo nella piccola Camry non c'era tanto spazio tra i sedili. Quando c'era Storm in macchina con lei, amava quella vicinanza, ma in quel momento decisamente no.

Il tragitto verso la base fu silenzioso e quando cominciarono ad avvicinarsi, Jane si sentì il battito accelerare sempre di più, come se potesse percepire l'adrenalina scorrerle nelle vene. Il momento migliore per fuggire sarebbe stato ai controlli, ai cancelli, quando l'ufficiale le avrebbe chiesto il cartellino. Non voleva fargli del male, ma non voleva neanche che Creasy venisse ucciso. Jane non voleva morire.

"Stai calma," la avvertì Carlin, mentre si avvicinavano ai cancelli. "Non fare niente di stupido, sennò saltiamo in aria e non potrai più scoparti quell'idiota."

Quando capì che Carlin non scherzava neanche un po', Jane cominciò a sudare freddo. Quella donna era evidentemente una squilibrata: se era disposta a sacrificarsi per vendicarsi dell'ammiraglio Creasy, non si sarebbe preoccupata di fare fuori chiunque si fosse messo in mezzo.

Jane guardò di nuovo nello specchietto retrovisore e si accorse che, mentre erano in fila per i controlli, Storm si era avvicinato talmente tanto a lei che Jane non riusciva a vedere i fari dell'auto.

Forse Storm aveva capito che erano nei guai e Jane sperò vivamente che avesse un piano.

Allo stesso tempo, non poteva fare a meno di augurarsi il contrario, perché se Storm fosse stato all'oscuro di tutto sarebbe stato salvo. Se invece avesse capito tutto, se la sarebbe vista brutta come tutti gli altri...

Oppure avrebbe potuto salvarli.

Porca miseria.

"Tesserini, prego," le disse il sottotenente, quando Jane si fermò di fronte al gabbiotto del corpo di guardia.

Nel frattempo, Carlin mostrava un sorriso a trentadue denti, con il coltello ben nascosto tra di loro, ma quella dannata scatola sembrava anche più grande di quanto Jane si ricordasse. Certo, non poteva essere, ma il pericolo che racchiudeva era tangibile.

Jane allungò lentamente il braccio per prendere il cartellino dalla borsa e Carlin le rivolse uno sguardo impaziente. Jane avrebbe voluto dire qualcosa all'ufficiale, fargli capire in qualche modo che erano tutti in pericolo, ma non voleva mettere a rischio la vita del giovane... e nemmeno la propria.

Allora prese sia il tesserino che il documento falso di Carlin e li diede entrambi al sottotenente a occhi sgranati, sperando dal profondo che lui cogliesse il segnale.

Con calma, l'uomo portò i documenti con sé nel gabbiotto: li avrebbe scansionati come da protocollo e, se fossero stati in regola, glieli avrebbe restituiti e le avrebbe lasciate passare.

Il tempo sembrava non passare mai, ogni secondo sembrava un'eternità. Quando Jane si guardò intorno, stando ben attenta a non muovere il capo, ebbe la sensazione che vicino all'entrata ci fossero molti più militari del solito. Nonostante stesse albeggiando appena, c'erano agenti di polizia della Marina in ogni angolo, il che le diede un barlume di speranza, ma allo stesso tempo la spaventava a morte: se c'erano più militari in giro, significava che ci sarebbero potute essere più vittime, se qualcosa fosse andato storto.

Dopo qualche istante, il sottotenente si rivolse a Jane. "Signora Hamilton, c'è un problema col suo tesserino: per favore, scenda dall'auto."

Per un millesimo di secondo, Jane vide una luce in fondo al tunnel. Si tolse la cintura di sicurezza, aprì appena la portiera, ma Carlin le portò il coltello alla gola.

"Fermo dove sei," ordinò Carlin al sottotenente. "Lei non va da nessuna parte. Ora apri questo dannato cancello e facci entrare, altrimenti la sventro come un maiale e innesco la bomba in questa scatola. Hai dieci secondi a partire da *ora*."

L'ufficiale strabuzzò gli occhi e rivolse immediatamente lo sguardo dietro Carlin. Senza il minimo movimento, Jane riuscì a scorgere tre agenti della polizia navale con le pistole puntate contro Carlin.

"Metta giù quel coltello subito!" le urlò uno di loro.

Nel giro di una manciata di secondi, furono circondate da più agenti di quanti Jane avesse mai visto da quando aveva iniziato a lavorare alla base. Quando Phantom e la ragazza erano stati presi di mira, lei non si trovava nel parcheggio, ma immaginò che dovesse trattarsi di una scena molto simile a quella che stava vivendo.

"Andate via!" gridò Carlin, che lasciò trasparire un tantino di disperazione. "Guardate che vi faccio saltare in aria sul serio! Non scherzate con me!"

"Ora si rilassi, signora," le disse uno degli agenti. "Possiamo risolvere la questione con calma e nessuno si farà male."

"Beh, farvi male è *proprio* quello che voglio," urlò Carlin. "Così capirete cosa abbiamo dovuto passare io e mio marito. Ora portatemi immediatamente qui l'ammiraglio Creasy!"

Jane si agitò violentemente sul sedile. Dovevano

essere circondate dalla polizia portuale, o da capitani d'armi... ammesso che si chiamassero così. Jane non sapeva se la polizia portuale lavorasse a bordo delle navi e i capitani d'armi a terra, o viceversa.

Ciò che invece sapeva *benissimo* era che la mente le andava in mille direzioni diverse. Cercò di concentrarsi: non importava di che grado fossero gli agenti, erano pur sempre delle forze dell'ordine. Perciò sperò con tutta se stessa che trovassero un modo per uscire da quella situazione tutti interi... letteralmente.

Jane rimase il più possibile immobile e pregò il cielo che Carlin si lasciasse prendere dalla confusione che si era creata e si dimenticasse di lei. Fu a quel punto che sentì qualcosa sfiorarle la mano sinistra.

Quando aveva aperto lo sportello e Carlin le aveva portato il coltello alla gola, Jane aveva lasciato la mano penzolante, ma al momento qualcuno gliela stava stringendo con forza.

Jane non poteva abbassare lo sguardo per scoprire chi fosse, ma avrebbe riconosciuto quelle dita dure ovunque. Presa dal panico, si era persino dimenticata che Storm era sempre stato dietro di lei: ovviamente era sceso dall'auto e l'aveva raggiunta. Jane si augurò con tutta se stessa che Carlin non se ne accorgesse.

Averlo accanto la terrorizzava, ma allo stesso tempo la motivava a fare tutto il possibile per mettere fine a quella storia senza che nessuno finisse in mille pezzi sull'asfalto.

Gli strinse la mano di rimando con tutta la forza che aveva in corpo e le diede conforto sentirlo ricambiare di nuovo la stretta. Storm era lì e l'avrebbe aiutata: Jane avrebbe solo dovuto essere pronta a qualsiasi suo segnale.

Non aveva dubbi: Storm aveva un piano. Sarebbe stato sempre un SEAL, non c'era niente da fare.

———

Mentre Jane accostava al gabbiotto di entrata alla base navale, Storm rimase a guardarla col cuore in gola. Dopo che aveva avvertito la polizia per far tenere d'occhio l'auto di Jane, il sottotenente aveva notato immediatamente che c'era qualcosa di insolito, ma aveva ricevuto istruzioni di comportarsi normalmente e di cercare di far scendere Jane dall'auto senza dare nell'occhio.

Quando Jane aveva fermato l'auto, Storm si era avvicinato alla Camry il più possibile, poi era sgattaiolato via dalla propria auto, si era messo a pancia in giù ed era strisciato fino alla portiera di Jane. Nell'istante stesso in cui lei fosse scesa dalla macchina, l'avrebbe stretta a sé e portata in salvo; alla persona accanto a lei, ci avrebbero pensato gli altri agenti.

Storm era stato all'erta tutto il tempo, era sicuro che fossero in guai seri e l'unico obiettivo era diventato tirare fuori Jane da quella situazione. Si pentì amaramente di non aver insistito per andare al lavoro con una sola auto, ma promise a se stesso che in futuro avrebbe dato il meglio di sé per proteggerla.

Il piano, però, andò in fumo quando la donna accanto a Jane si rifiutò di farla scendere dal veicolo. Storm si sentì il cuore a mille: aveva sentito che la donna aveva una bomba e, sebbene non potesse vedere nessuna delle due, aveva anche capito che le avrebbe tagliato la gola.

Quando guardò attraverso lo spiraglio della portiera che Jane aveva fortunatamente lasciato appena aperta, Storm si accorse di quanto fosse pallida, rigida sul sedile, col braccio sinistro immobile e penzoloni.

Senza neanche pensarci, mentre tutti urlavano alla donna di arrendersi, Storm afferrò la mano di Jane.

Aveva le dita gelide, chiaro segno di shock. Storm pensò che Jane si sarebbe lasciata prendere dal panico a quel contatto, ma si sbagliava: nel momento esatto in cui le loro dita si intrecciarono, lei si rilassò, non del tutto, ma abbastanza da dirgli che aveva capito di averlo accanto.

Quando gli ricambiò la stretta, Storm si sentì più determinato che mai.

Non l'avrebbe persa per niente al mondo. Anche se la donna accanto a lei non avesse avuto una vera bomba, lui non avrebbe corso il rischio.

Grazie a chissà quale miracolo, la donna non si era ancora accorta di Storm, che si era rannicchiato ancora più in basso per non farsi notare dallo specchietto laterale: un passo falso e sarebbero potuti saltare in aria. Storm non aveva passato quarantasette anni di vita alla ricerca della persona giusta per perderla proprio in quel momento.

No, neanche per sogno.

Più restava accovacciato e ascoltava la donna lamentarsi e chiedere di Creasy, più sentiva la motivazione crescere talmente tanto dentro di lui che gli venne in mente un piano. Si guardò intorno: non era in una posizione ideale, perché l'auto di Jane era vicino al gabbiotto che non gli lasciava molto spazio; però, l'auto era abbastanza avanti rispetto alla porta del gabbiotto, Jane avrebbe potuto aprire agilmente la portiera.

Storm si fece forza e si guardò di nuovo intorno per capire chi ci fosse: individuò dei giovani membri della polizia portuale e ufficiali più anziani, ma nessuno di cui avesse davvero bisogno.

Aveva chiamato Rocco proprio dopo aver contattato la polizia della Marina, ma sapeva che avrebbe impiegato del tempo. L'amico aveva sicuramente chiamato a rapporto la squadra, quindi i SEAL sarebbero arrivati presto.

Sbrigatevi, ragazzi, ho bisogno di voi, pensò Storm tra sé e sé. Era certo che la polizia portuale avrebbe preso il più tempo possibile con la donna, chiaramente instabile, motivo per il quale non avrebbe potuto sapere con certezza quanto tempo avessero, prima che lei perdesse la pazienza, accoltellasse Jane o innescasse la bomba.

———

"Dov'è Creasy?" urlò Carlin con impazienza. "Perché non mi *ascoltate*? Non ho niente da perdere, giuro che vi faccio esplodere! Portatemi Creasy, devo parlarci, tutto qui!"

"Lo stiamo rintracciando," le rispose l'uomo che tentava di negoziare con lei.

"Beh, sbrigatevi!" strillò lei. "Non vi conviene scherzare con me, ho già mandato una bomba alla base e ci proverò ancora! Ma questa volta devo assicurarmi di fare un bel po' di danni. Portatemi subito Creasy, se non volete avere la vita di persone innocenti sulla coscienza."

Jane smise di ascoltare Carlin e si concentrò per elaborare un piano. Avrebbe potuto schiacciare il piede sull'acceleratore e allontanare l'auto il più possibile dai cancelli e da tutta quella gente, prima che Carlin innescasse la bomba; il problema era che non c'era la certezza di poter allontanare l'auto prima che l'ordigno esplodesse. In alternativa, Jane avrebbe potuto cercare di togliere sia il coltello che la bomba dalla portata di Carlin; ma anche in quel caso il minimo movimento avrebbe potuto innescare quell'affare e ci sarebbero comunque rimasti secchi tutti. Jane avrebbe potuto anche aspettare che i negoziatori arrivassero al dunque, ma Carlin non aveva l'aria di voler cedere, anzi: Jane non sapeva se un'eventuale conversazione tra Creasy e la donna avrebbe potuto migliorare o peggiorare la situazione.

Fu in quel momento che, guardando nello specchietto retrovisore, Jane notò un pickup Chevrolet procedere tra le auto che erano state allontanate dietro di lei. Lo riconobbe immediatamente: era identico a quello di Gumby, uno degli uomini di Storm; l'aveva visto alla festa in spiaggia... Si meravigliò quando si accorse che erano passati solo due giorni.

Jane sentì riaffiorare la speranza dentro di sé e, per la seconda volta dopo che Storm le aveva stretto la mano, pensò di poter uscire viva da tutta quella situazione. Lei non sapeva come, ma Storm e la squadra sicuramente sì.

"Sto perdendo la pazienza!" urlò Carlin, che allontanò il coltello dalla gola di Jane e lo sventolò inutilmente in aria verso il negoziatore, che era almeno a dieci metri di distanza. "Portatemi. Creasy. Dannazione! Deve sapere quanto ci sono costate le sue decisioni! Non saremmo qui, se non avesse condannato mio marito ingiustamente!"

Mentre il sole faceva capolino all'orizzonte e illuminava i cancelli, Jane rabbrividì al pensiero che presto la luce l'avrebbe accecata: nei dieci minuti successivi le avrebbe dato tanto fastidio, ma man mano che il sole si fosse alzato in cielo, sarebbe stato impossibile osservare cosa stava succedendo di fronte all'auto.

"*Andate al diavolo*," imprecò Carlin, accanto a Jane. "Sta andando tutto a rotoli!"

Senza neanche rendersene conto, entrambe rimasero abbagliate dai primi raggi di sole.

Storm le strinse forte la mano, al che Jane trattenne il respiro e rimase immobile. Era giunto il momento: qualunque piano avesse in mente Storm, stava per metterlo in atto. Se non avesse funzionato e Carlin avesse innescato quella maledetta bomba, Jane avrebbe solo voluto morire nel modo più rapido possibile. La morte non l'aveva mai spaventata, ma il dolore sì.

Persa tra quei pensieri quasi imbarazzanti, Jane non si aspettava minimamente che Storm le spalancasse la portiera: a quel punto la trascinò per un braccio e a Jane sembrò di prendere il volo.

———

Storm trasse un sospiro di sollievo quando Gumby, Rocco e Bubba saltarono fuori dalla Silverado di Gumby e si fecero strada verso il gabbiotto senza farsi notare. A quel punto, dopo tutte quelle urla, Storm aveva capito che si trattava della moglie del luogotenente Simon Sandburg. Dato che era concentrata sulla polizia e sul negoziatore, era chiaramente convinta che il gabbiotto alla sua sinistra non nascondesse pericoli.

Invece, la donna si sbagliava. Non aveva idea che alcuni degli uomini più letali al mondo avrebbero messo fine a quella scenata una volta per tutte.

Nonostante avessero avvisato Dag di non uscire allo scoperto, Storm era certo che si fosse recato nei paraggi non appena era venuto a sapere della situazione ai cancelli. In ogni caso, la presenza dell'ammiraglio non era *affatto* necessaria e Storm non l'aveva visto, ma aveva la netta sensazione che stesse aspettando solo il momento giusto per palesarsi.

Se si fosse fatto vedere da Carlin Sandburg, Storm era certo la donna avrebbe innescato la bomba nella vaga speranza di uccidere anche lui.

A ogni modo, Storm diede un'occhiata ai suoi SEAL e vide Bubba, il cecchino migliore della squadra, che imbracciava il fucile di precisione in dotazione alla Marina. Storm non era mai stato tanto felice di vedere un amico in vita sua: certo, non gli piaceva l'idea di dover uccidere gente, ma era certo che Bubba avrebbe neutralizzato Carlin senza causarle ferite mortali, così da mettere fine a quella faccenda in sicurezza.

Storm rivolse un cenno del capo verso la parte anteriore del veicolo: con tutte le volte in cui aveva fatto la fila di prima mattina per entrare alla base, era certo che il sole avrebbe abbagliato sia Jane che Carlin. Con un po' di fortuna, lui e i SEAL avrebbero potuto sfruttare la situazione a proprio vantaggio.

Quando gli altri SEAL gli fecero cenno di aver ricevuto il messaggio, Storm si indicò la mano nascosta dietro la portiera, sperando che anche loro vedessero che stringeva quella di Jane; poi, con la mano libera, tracciò dei cerchi a mezz'aria e indicò la direzione verso la quale avrebbe portato via Jane una volta evacuata l'auto.

Rocco annuì e parlottò con gli altri membri della squadra, mentre Bubba e Gumby si diressero proprio di fronte alla macchina e si nascosero dietro un'auto che la polizia aveva parcheggiato lì per impedire a

Jane di accedere alla base. Rocco, infine, si appostò dietro il gabbiotto senza farsi vedere.

Storm trattenne il respiro: non c'era alcuna garanzia che il piano avrebbe funzionato, perché se Carlin era un'ingegnera capace, come riportato nella sua documentazione, sarebbero stati guai grossi per tutti. La bomba al gas lacrimogeno che aveva fabbricato aveva causato svariati danni, perciò la scatola che portava con sé quel giorno era indubbiamente in grado di ucciderli tutti.

Storm, però, si sentiva sempre più determinato: *nessuno* avrebbe osato avvicinarsi alla sua Jane.

Il tempo sembrava scorrere al rallentatore mentre aspettava che il sole raggiungesse il punto perfetto nel cielo. Carlin diventava sempre più agitata, al punto che Storm pensò che non ce l'avrebbero fatta, che lei avrebbe perso la pazienza e avrebbe fatto esplodere la bomba senza aspettare più Creasy.

Dopo quegli istanti di intensa trepidazione, i primi raggi di sole spuntarono all'orizzonte, proprio come un giudizio divino nei confronti di Carlin.

Storm, però, non aveva tempo di riflettere su questioni del genere: lui e la squadra avevano solo una manciata di secondi per agire, prima che Carlin si accorgesse di essere circondata da gente che voleva fermare i suoi piani di distruzione.

Quando vide Bubba sollevare il fucile a trenta

metri dall'auto di Jane, Storm rimase col fiato sospeso e le strinse forte la mano, nel tentativo di avvertirla che il tempo era scaduto. Nonostante le tensione che gli trasmise, Storm entrò in azione.

Spalancò la portiera e trascinò Jane a sé con talmente tanta forza che praticamente lei gli volò tra le braccia. A quel punto, Storm indietreggiò a tutta velocità verso la porta aperta del gabbiotto, in modo da allontanarsi il più possibile dall'ordigno.

Contava sulla rapidità di quelle azioni per cogliere Carlin di sorpresa: probabilmente, prima di innescare la bomba, le sarebbe servito qualche secondo per capire cosa stesse succedendo, per accorgersi che l'ostaggio le era sfuggito. Storm sperò semplicemente che si arrendesse, ma sapeva anche che c'era abbastanza gente folle e disperata da non cedere tanto facilmente.

Sfortunatamente per lui e Jane, Carlin era una di quelle persone. Nel momento in cui Jane era fuori dall'auto, lui sentì l'attentratrice lanciare urla angosciate dalla frustrazione... ma poi si sentì uno sparo.

Sembrò che il mondo stesse per esplodere, ma in realtà si trattava solo dell'auto in cui Jane era stata fino a un secondo prima.

Storm era riuscito a entrare in fondo al gabbiotto, a rotolare a terra e a fare da scudo a Jane appena prima che l'ordigno scoppiasse. Avrebbero potuto mettersi a correre, ma Storm non avrebbe preso decisioni che l'avrebbero resa vulnerabile. Rimanere dov'erano era altrettanto pericoloso, ma era meglio che beccarsi schegge vaganti mentre fuggivano. Mentre la proteggeva col proprio corpo, Storm chiuse gli occhi e pregò come mai prima di allora. Il gabbiotto non era abbastanza solido da tenerli al sicuro a lungo, ma sperò comunque che li salvasse.

L'esplosione fu assordante. Storm avvertì una fitta di dolore alla schiena non appena i vetri antiproiettile del gabbiotto andarono in frantumi, incapaci di resistere all'onda d'urto.

"Storm!" urlò Jane sotto di lui, che rimase lì immobile, mentre una pioggia di detriti si abbatteva su di loro da ogni direzione. Nonostante gli fischiassero le orecchie e la schiena gli facesse un male cane, Storm si rifiutava di muoversi: nonostante il peggio dovesse essere passato, Carlin avrebbe potuto essere ancora viva e sarebbe potuta andare a cercare Jane.

"Storm..." lo chiamò di nuovo Jane.

Sembrava sotto shock, motivo per il quale Storm avrebbe controllato al più presto se fosse ferita e se avesse bisogno di assistenza medica. Quando sollevò il capo per un istante, si sentì qualcosa scivolare di dosso, al che capì che erano completamente ricoperti di ciò che restava del gabbiotto. Nonostante gli fosse praticamente crollato addosso, li aveva anche protetti dall'esplosione.

Gli tremavano le gambe, ma erano sopravvissuti entrambi.

Guardò Jane negli occhi e vide che aveva le pupille talmente dilatate che quasi non riusciva a distinguerle dalle iridi castane di cui si era follemente innamorato.

"Storm?" lo chiamò nuovamente, mentre gli stringeva ancora la mano intrappolata tra loro.

"Stai bene?" le domandò con voce roca.

Le si riempirono subito gli occhi di lacrime e, proprio quando lui stava per cadere nel panico, lei annuì. "Sì, grazie."

"Porca miseria," mormorò lui con un fil di voce, chiaramente sollevato. "Ti amo," le disse di getto, non gliene importava niente che non fosse né il luogo né il momento giusto per dichiarazioni del genere. "Quando ho visto che c'era qualcuno in macchina con te, ho capito subito che c'era qualcosa di strano. Sappi che non ti lascerò andare," le giurò. "Forse non sei pronta a ricambiare, ma so che mi amerai anche tu. Sono pronto a tutto per te."

"Ti amo anch'io," gli disse Jane, con le lacrime che scorrevano sulle tempie e si mischiavano alla polvere che aveva nei capelli. "Credo di amarti da sempre."

Quelle parole erano tutto ciò che Storm aveva bisogno di sentire, perciò si chinò verso di lei e la baciò come se fosse il gioiello più prezioso al mondo. "Ho pensato di perderti," le bisbigliò disperato.

"Sapevo che ci avresti tirati fuori di lì," affermò lei.

Storm non ne era stato altrettanto sicuro, ma non la contraddisse.

"Signore?" sentirono chiamare da un punto imprecisato sopra di loro. "Togliete queste diavolo di macerie, cazzo!"

Storm si lamentò dal dolore quando gli rimossero un asse di legno da sopra la schiena.

"Ti senti bene?" gli domandò Jane, preoccupata.

Storm aprì la bocca per confermare e dirle che quando era stato in missione con i SEAL era stato anche peggio; invece chiuse gli occhi e fece del proprio meglio per non svenire quando gli cedette un asse tra le gambe e qualcosa di tagliente gli trafisse il polpaccio.

"Basta, fermi!" urlò Jane, al che Storm si lamentò ancora di più, dato che gli aveva gridato nell'orecchio. "Storm è ferito! Fate attenzione, porca miseria!"

Lui non poté fare a meno di ridere a quell'esclamazione. Per quanti chiodi gli avessero dovuto estrarre da gambe e schiena, l'importante era che Jane fosse salva.

"Signore," lo chiamò Rocco con tono odiosamente

divertito. "Che ne dice di alzarsi e uscire fuori da qui, invece di strusciarsi con la sua donna lì sotto?"

"Fanculo, Rocco," gli rispose Storm, nel tentativo di non fare smorfie di dolore, quando Gumby e Bubba lo presero per le braccia e lo sollevarono, dopodiché andò immediatamente ad aiutare Jane. Quando furono entrambi in piedi, Jane gli si rannicchiò contro un fianco e lui si guardò intorno basito.

Sembrava fossero in un vero e proprio campo di battaglia. Entrambe le loro auto erano distrutte e il gabbiotto raso al suolo, ma aveva servito il suo scopo: smorzare l'esplosione e proteggerli dall'onda d'urto.

Quando si accorse che di Carlin non rimanevano che delle membra sparse qua e là, Storm si voltò per risparmiare a Jane la scena.

"Andiamo," gli disse Bubba. "La portiamo in ospedale."

Storm non aveva idea dell'entità delle ferite che aveva riportato, ma se i suoi SEAL lo stavano portando a farsi visitare, dovevano essere parecchio gravi. In ogni caso, Storm era vigile e in grado di camminare, anche se ogni passo gli procurava un dolore lancinante.

"Jane, tu stai bene?" le chiese Rocco con tono più serio.

"Sì, grazie," gli rispose lei. "Mi ha protetta Storm."

Rocco annuì come quella fosse la frase più

normale che avesse sentito quella mattina. "Per quel che vale, le ferite mi sembrano peggio di ciò che sono in realtà. Non viziarlo, perché altrimenti comincia a rammollirsi e se la prende con noi."

Jane arricciò le labbra, ma non sorrise, era ancora troppo presto. Storm era consapevole che da quel momento per lei non sarebbe stata una passeggiata. Era del tutto normale: lui non sapeva cosa fosse successo nell'auto e cosa le avesse detto la donna, ma Jane glielo avrebbe raccontato per filo e per segno. Dopodiché, lui si sarebbe fatto in quattro per tenerla al sicuro, mentre lei lo avrebbe rassicurato fino allo sfinimento di stare bene.

Si chinò verso di lei e le baciò la tempia mentre camminavano. Quel movimento fece spostare l'oggetto che aveva conficcato nella spalla, il che gli provocò non poco dolore, ma era certo che avrebbe superato tutta quella vicenda. Jane lo amava e lui amava lei. Quello era l'importante.

Jane era seduta con la schiena dritta e le mani intrecciate sul grembo, al cospetto degli alti ufficiali della base navale. Doveva raccontare la propria versione di ciò che era successo un mese prima con Carlin Sandburg. Finalmente, dopo diversi interrogatori, l'indagine stava per chiudersi.

C'erano l'ammiraglio di divisione Creasy e numerosi altri ufficiali, tra cui persino un ammiraglio che aveva preso un aereo fin lì per poter ascoltare i risultati finali delle indagini.

Jane era venuta a sapere che Bubba aveva sparato a Carlin per impedirle di innescare la bomba, ma lei lo aveva battuto sul tempo per un decimo di secondo e aveva già azionato l'ordigno.

La donna, deceduta nell'esplosione, non aveva mentito sul contenuto della scatola, ma nonostante la potenza dell'impatto, l'esplosione non era stata abbastanza forte da causare vittime innocenti tra la polizia e la gente nei paraggi.

Se Jane fosse stata accanto alla donna, sarebbe saltata in aria esattamente come Carlin.

Storm aveva riportato un trauma renale e alcuni chiodi conficcati nelle gambe, nella parte bassa della schiena e in una spalla; era stato un miracolo che non avesse altre ferite. Jane si era sentita in colpa per il fatto che si fosse fatto del male nel tentativo di proteggerla, ma lui era stato chiarissimo: se si fossero ritrovati in una situazione del genere, si sarebbe comportato esattamente nello stesso modo e non si era assolutamente pentito di averle fatto da scudo contro quelle ferite.

L'unità investigativa aveva interrogato a lungo l'ex luogotenente Sandburg ed era giunta alla conclusione che non era coinvolto nei piani della moglie, né ne era al corrente. L'uomo non sapeva neanche che Carlin era stata responsabile dell'attacco al gas CS e che aveva avuto in mente di assassinare l'ammiraglio Creasy.

A ogni modo, Sandburg non era presente all'udienza finale, perché aveva lasciato la California nel tentativo di ricostruirsi una vita lontano dalle vicende causate dalla moglie.

"Può dirci a parole sue cosa è successo quella mattina?" chiese a Jane l'investigatore capo dell'unità.

Jane annuì. Aveva già raccontato quella storia centinaia di volte: all'inizio era stato difficile, senza contare che aveva avuto anche incubi; ma nell'ultimo mese, ogni volta che la raccontava di nuovo, il ricordo di Carlin aveva cominciato a sbiadirsi. Jane non si svegliava più urlando, convinta che la bomba fosse esplosa mentre lei era ancora in macchina. Non sognava più Storm che saltava in aria mentre cercava di salvarla. Insomma, Jane stava andando avanti con la propria vita, soprattutto grazie all'uomo che le era seduto accanto.

Le appoggiò una mano sulla coscia e la strinse dolcemente, poi le rivolse un leggero cenno del capo che le diede forza: con lui accanto, Jane sarebbe stata capace di tutto.

Perciò, cominciò a raccontare di come fosse stata colpita dalla bomba al gas CS che Carlin aveva inviato alla base. Poi aggiunse tutti i dettagli che riuscì a ricordarsi del lasso di tempo tra quando la donna era entrata nella macchina a quando Storm l'aveva tirata fuori dietro la fragile protezione del gabbiotto che si trovava ai cancelli della base.

Rispose onestamente a tutte le domande.

No, non conosceva Carlin Sandburg prima di quella mattina.

No, non sapeva che Dag avesse processato alla corte marziale il marito di lei, Simon Sandburg.

Sì, aveva temuto per la propria vita.

No, non conosceva i piani di Storm.

No, non aveva sentito il colpo sparato da Bubba.

Jane rispose pazientemente a ogni singola domanda, senza indignarsi se alcune le venivano poste due volte. Un incidente di quella portata, avvenuto proprio all'ingresso della base navale, era una faccenda di una certa importanza. Gli investigatori stavano esaminando ogni misura di sicurezza nel minimo dettaglio; anzi, alla luce di quanto successo, stavano persino rivalutando le modalità di ingresso delle auto.

A un certo punto, le domande terminarono.

"Ammiraglio," esordì l'investigatore capo, "siamo giunti alla conclusione che la sua decisione di processare il luogotenente Sandburg è stata opportuna e per niente esagerata. Signorina Hamilton, le facciamo i nostri complimenti per aver mantenuto la calma in una situazione tanto delicata. Ammiraglio North, grazie al suo coraggioso intervento e a quello dei suoi uomini siamo riusciti a contenere il numero dei feriti. Vi ringraziamo per la vostra collaborazione nelle indagini. Se avete altre domande sul procedimento o sui risultati, saremo più che felici di discuterne insieme a voi. Il resoconto integrale sarà disponibile dietro autorizzazione da parte della sicurezza. Auguro a tutti una buona giornata.”

Così, era tutto finito.

Storm non aspettò un secondo di più: si alzò in piedi, prese Jane per mano e si diresse verso l'uscita.

“North?” lo chiamò l'ammiraglio. Jane dovette trattenere una risata al guizzo di impazienza che attraversò lo sguardo di Storm, che avrebbe chiaramente voluto evitare i convenevoli, ma non era una buona idea liquidare un ufficiale di alto grado come un ammiraglio.

Perciò si voltò. “Sì, signore?”

L'uomo gli rivolse un sorriso, come se avesse percepito che Storm non vedeva l'ora di uscire da lì. “Sono contento che stia bene. Scommetto che avrà un grande futuro come ufficiale della Marina.”

Storm annuì, riverente. “La ringrazio. Anch'io sono felice che stiamo bene, soprattutto Jane. Non sono entrato in azione per gli encomi, né per tutti gli altri che circondavano l'auto: l'ho fatto solo per Jane. Per quanto riguarda la mia carriera, apprezzo gli encomi, ma non conto di rimanere qui per sempre.”

Si voltò verso Jane, che quasi si sciolse per l'amore e la devozione che Storm aveva negli occhi, sentimenti di cui lei aveva fantasticato solo nei sogni più sfrenati. Quello sguardo era per lei, Jane, una come tante. Surreale davvero.

Storm si rivolse di nuovo all'ammiraglio. "Amo la Marina e sono fiero di aver servito il paese. Non cambierei un solo momento della mia carriera, ma ho capito cosa è veramente importante: non vedo l'ora di passare la pensione con Jane al mio fianco e prendere ciò che il mondo ha da offrire... questa volta da turista e non da SEAL."

L'ammiraglio annuì. "Lei è un uomo fortunato."

"Lo so," concordò Storm, che rivolse il saluto militare all'ammiraglio e trascinò di nuovo Jane fuori dall'aula.

"Andiamo di fretta, eh?" gli chiese Jane, un po' disorientata.

"Sì," le disse Storm, senza approfondire.

"Vuoi dirmi il perché?"

La condusse nel parcheggiò verso una Volvo XC90 nuova di zecca, un SUV di lusso simile a una Toyota Highlander. Jane tentò di protestare per quanto fosse cara e di valore, ma lui non voleva saperne.

Nonostante lei continuasse a spiegargli che non ne aveva bisogno, Storm si voltò verso di lei, le prese il viso tra le mani e le parlò in un tono che lei non aveva mai sentito prima. "Devo saperti al sicuro, Jane. Non potrò starti accanto ogni momento della giornata, ma posso darti l'auto più sicura in circolazione, una abbastanza tecnologica da permetterti di chiamare aiuto senza farti notare."

A quelle parole, Jane non poté più rifiutarsi, perciò si arrese e accettò le chiavi dell'auto.

Anche Storm si era ricomprato la macchina: un Hummer. Era il top di gamma, ma a lui non importava: se si fossero ritrovati in una situazione come quella che avevano passato, avrebbe potuto semplicemente investire chiunque osasse farle del male, per poi portarla via come un vecchio vichingo.

Era davvero ridicolo ma, dato che Storm aveva guidato la Volvo di Jane per la maggior parte del tempo ed era sempre stato con lei, a parte per l'orario di lavoro, a lei stava tutto bene così.

"Vedrai," le rispose Storm, quando lei gli chiese perché andasse tanto di fretta.

Jane avrebbe voluto alzare gli occhi al cielo, ma in realtà adorava quando Storm le faceva le sorprese. Era talmente generoso che lo amava sempre di più ogni giorno che passava. Quasi la impauriva quanto fosse diventato importante per lei in così poco tempo, ma Jane stava imparando a godersi ogni momento: insieme a Storm viveva bene come mai prima.

Lui rimase accanto alla portiera del passeggero del SUV fin quando Jane non indossò la cintura di sicurezza; poi azionò la sicura prima di chiudere lo sportello. L'ultima volta che era successo, Jane l'aveva rimproverato, ma quando lui le aveva spiegato che non avrebbe permesso a nessuno di entrarle di nuovo nell'auto, Jane gli aveva dato ragione.

Storm si diresse verso casa propria tra una chiacchiera e l'altra. Jane era sollevata che avessero archiviato tutta la questione di Carlin e le bombe e che Dag, Brenae e tutti gli altri fossero sani e salvi. In futuro non c'era la certezza di evitare altri attacchi verso gli ufficiali di alto rango, ma Jane sperò che non ci fossero mentre lei lavorava ancora alla base: due erano più che sufficienti.

Storm parcheggiò nello stallo che aveva richiesto apposta per Jane affinché avesse un posto fisso nel parcheggio del complesso residenziale. Poi lei aspettò che Storm facesse il giro intorno all'auto fino al sedile del passeggero. Un altro cambiamento nella loro routine: Jane non aveva bisogno che lui la aiutasse a scendere dalla macchina, ma era consapevole che in quel caso lui sarebbe stato più tranquillo. A dirla tutta, quella galanteria non era poi così male.

A quel punto, la condusse in casa.

"Allora, la tua sorpresa?" gli chiese, impaziente.

Storm alzò un dito a mezz'aria. "Aspetta un attimo, uno solo," le disse. "Torno subito." Poi tornò indietro verso la porta d'ingresso.

Jane era un tantino spaesata: non erano appena rientrati? "Ma...?"

"Un secondo," la interruppe, poi uscì e si chiuse la porta alle spalle.

A Jane non rimase altro che scoppiare a ridere, dato che non aveva idea di cosa Storm avesse in mente. D'altronde, le sue sorprese non l'avevano mai delusa: una volta aveva ordinato su Internet due magliette identiche con la scritta 'Andy and Red's Boat Rentals, Zihuatanejo, Mexico'. Era stato un regalo bellissimo, un regalo di cui Jane avrebbe fatto tesoro per tutta la vita, semplicemente perché richiamava il loro film preferito.

Un'altra volta, l'aveva portata a mangiare fuori insieme a Rocco, agli altri membri della squadra e alle rispettive mogli. Era stato un incontro affollato e rumoroso, ma anche l'opportunità migliore per conoscere gli uomini e le donne che erano tanto importanti per Storm. In un'altra occasione, le aveva preparato la cena e un bagno, al quale si era unito anche lui: non avevano fatto sesso, ma quell'intimità era stato un regalo più prezioso di quanto Storm potesse immaginare. Jane aveva quasi rinunciato a quel piacere della vita ed era bello sapere che lui l'amava e si godeva quelle coccole insieme a lei.

A ogni modo, non aveva la più pallida idea di cosa avesse in serbo per lei quel giorno, ma era sicura che sarebbe stato fantastico.

Proprio quando stava cominciando a farsi prendere dall'ansia, sentì la porta riaprirsi, perciò si alzò dal divano, si voltò e rimase a bocca aperta.

"Rose?"

"Mamma..." le disse la figlia, che iniziò a correre verso l'altro capo della stanza per gettarsi tra le sue braccia.

Jane non credette ai propri occhi quando vide quella dimostrazione di affetto. Non ricordava neanche l'ultima volta che Rose l'aveva accarezzata, prima di diventare tanto scontrosa, probabilmente aveva avuto dieci anni.

"Sei sicura di stare bene?" le domandò Rose a bassa voce, con il volto contro la spalla della madre.

Jane inspirò profondamente e chiuse gli occhi per imprimere ogni momento nella memoria. Era passato veramente tanto tempo da quando Rose aveva mostrato interesse per qualcuno al di fuori di se stessa o per le solite bravate.

Jane aprì gli occhi e si ritrasse per guardare la figlia. "Sì, sto bene. Come mai sei qui?"

"Quando mi hai chiamata qualche settimana fa, mi hai detto che una donna ce l'aveva con un collega e voleva usarti per arrivare a lui," le spiegò Rose. "Ma non avevo idea che volesse farti saltare in aria, non pensavo che fosse una questione tanto seria!"

Jane si voltò leggermente indietro per incrociare lo sguardo di Storm, che le osservava con attenzione appoggiato allo stipite della porta: se Rose avesse detto una parola di troppo o si fosse comportata male, lui l'avrebbe senza dubbio cacciata di casa a calci nel sedere. Sì, era stato lui a portarla lì, ma non avrebbe esitato neanche a mandarla via. Jane ci avrebbe scommesso.

Non era mai stato tanto contento delle storie che lei le aveva raccontato della figlia, eppure ciò non l'aveva bloccato dal compiere un'azione che l'avrebbe resa felice, ovvero sanare il rapporto con Rose.

"Sto bene, davvero," la rassicurò di nuovo Jane. "Storm ha pensato a tutto."

A quel punto, la ragazza si voltò verso di lui. "Grazie," gli disse. "So che ti ho già ringraziato quando mi hai telefonato, ma sul serio... ti sono davvero grata."

"Di niente. Tua madre è tutto per me, perciò farei *di tutto* per renderla felice e tenerla al sicuro."

Jane gli sentì una nota di rimprovero nella voce, evidentemente se ne era accorta anche Rose.

"Mi sono pentita di molte decisioni che ho preso nella mia vita," esordì lei. "Ma sto cercando di cambiare, di diventare una persona migliore."

Storm annuì.

"Ti va di rimanere a cena?" le domandò Jane.

"Se ti fa piacere," le rispose Rose, esitante.

"Certo che sì," le disse la madre.

"Cucini tu?" la prese in giro la ragazza. "Perché in questo caso potrei ripensarci."

Jane ridacchiò. "No, tranquilla: è Storm il cuoco di casa."

Rose gli rivolse uno sguardo. "Magari qualche giorno mi insegni."

"Volentieri," le rispose subito lui, che si sollevò dallo stipite e si diresse in cucina.

"Forse Robert ti ha già insegnato qualcosa," le disse Jane.

Rose scrollò le spalle. "L'ho lasciato, non ne potevo più di tutti quegli abusi." Guardò la madre negli occhi. "Ce la sto mettendo tutta, mamma: so di essermi comportata malissimo con te e con tutti quelli che mi circondavano; me la sono presa con te per quello che è successo con papà e ho compiuto delle scelte di cui non vado fiera. Adesso vado agli incontri dei Narcotici Anonimi una volta a settimana: sto cercando di riprendere in mano la mia vita, perché voglio renderti orgogliosa e non essere un motivo per cui vergognarti."

Jane la prese per mano. "Non lo sei mai stata," le disse "Per te sono stata triste, felice, preoccupata… ma non mi sono mai vergognata."

Rose annuì. "La settimana scorsa, Storm mi ha chiamata dicendomi che mi avrebbe pagato l'affitto di un appartamento per un anno… a condizione che mi iscriva all'università e passi gli esami. Mi ha detto che posso scegliere la facoltà che voglio, basta che impari qualcosa. Mi sembra un'offerta che non mi merito, ma ho intenzione di accettarla, altrimenti non riuscirò a rimettermi in riga."

Jane guardò con le lacrime agli occhi l'uomo che amava ogni giorno di più. "Sono contenta," sussurrò. "Ho sempre voluto che fossi felice," disse alla figlia.

"Insomma, 'felice' è un parolone, ma ci sto lavorando."

"Che ne dite di dare una mano?" disse Storm dalla cucina. "La cena non si prepara da sola. Intanto potete mettere a marinare la carne."

Consapevole che non avrebbe mai dimenticato quel momento, Jane osservò la figlia raggiungere Storm, un uomo che la amava tanto da farsi in quattro pur di aiutare la figlia, nonostante non gli andasse tanto a genio.

———

Più tardi, Storm si mise a letto e prese Jane tra le braccia.

Lei si voltò subito, gli avvolse una gamba attorno al fianco e si mise cavalcioni su di lui. Erano entrambi nudi: anche se non facevano l'amore, era bellissimo dormire pelle contro pelle.

Lui le afferrò i fianchi e guardò Jane che sorrideva.

"Grazie," gli disse a bassa voce.

Storm capì a cosa si riferisse. "Figurati," le rispose semplicemente.

"Non riesco a credere che sei disposto a tanto per Rose."

"Non lo faccio per *lei*," le precisò Storm, in tutta onestà. "Lo faccio per *te*. Lei è sangue del tuo sangue ed è adulta abbastanza da accettare l'aiuto che le sto offrendo e ringraziare il cielo, oppure ignorarlo e rimanere nella spirale in cui è caduta, mandando a rotoli ogni possibilità di recuperare il rapporto con la madre. Per fortuna è abbastanza intelligente da farsi aiutare."

"Sei un uomo straordinario," gli disse Jane.

Storm scrollò le spalle. "Sono un uomo egoista," controbatté.

"In che senso?" gli domandò lei.

"Più sei felice e rilassata, più lo sono anch'io. Aiutare Rose ti aiuta ad alleviare lo stress e io farei di tutto per te, spero che tu l'abbia capito."

"Sì, lo so," lo rassicurò lei. "Anche se non credo di ricambiarti come si deve."

Storm non riuscì a trattenere una smorfia e scosse la testa. "Piccola, non ti rendi neanche conto di cosa significhi averti accanto. Prima di conoscerti, stavo vivendo solo a metà, per inerzia, adesso invece sembra tutto più luminoso e appassionante. Non scherzavo quando dicevo all'ammiraglio che non sarei rimasto per sempre nella Marina. Se solo ripenso a poco tempo fa, mi venivano gli attacchi di panico solo all'idea di andare in pensione; adesso invece non vedo l'ora di trascorrere ogni minuto delle mie giornate con te, a ridere e a goderci la vita."

Jane gli sorrise con gli occhi lucidi. "Ti amo."

"Ti amo anch'io," contraccambiò lui immediatamente, poi la accarezzò su per il torso fino a stringerle il seno. Quando le stuzzicò delicatamente i capezzoli, lei raddrizzò la schiena e poi si inarcò leggermente.

"Credo proprio di doverti fare un enorme regalo di ringraziamento," gli disse lei senza fiato.

"No no," le rispose Storm, che scosse la testa. "Non mi devi proprio niente." A quel punto, con uno scatto improvviso, lui la capovolse con la schiena sul materasso in modo da averla sotto di lui. "Che ne dici se te lo faccio io, un regalo?"

"Storm," protestò lei, mentre lui le scendeva lentamente in mezzo alle gambe.

"Sì?" le chiese distrattamente, mentre le accarezzava col naso l'interno coscia e inspirava profondamente.

"Niente," gli rispose Jane, mentre lui le leccava le pieghe bagnate.

"Proprio come pensavo," mormorò Storm, per poi dimostrarle quanto fosse felice di averla nel proprio letto e nel cuore.

———

Un'ora più tardi, dopo aver cavalcato selvaggiamente il proprio uomo fino a farlo esplodere dentro di sé, Jane gli si accasciò sul petto, sudata e più che appagata. Dopo averne discusso con la ginecologa, aveva optato per un impianto contraccettivo, mentre Storm le aveva detto che si sarebbe presto sottoposto a una vasectomia, in modo che lei non dovesse assumere ormoni. Era un gesto di grande premura e generosità, per il quale Jane lo adorava ancora di più.

Amava sentirlo venire dentro lei, amava l'intimità che si creava senza un profilattico a dividerli.

Mentre era tra le sue braccia, Jane non poté fare a meno di pensare quanto fosse migliorata la vita.

"A un certo punto, mi sposerai, vero?" le domandò Storm a bassa voce.

Jane ridacchiò. "Sì, se me lo chiedi come si deve," puntualizzò.

"Oh, ma certo," controbatté lui. "Ma sarà una proposta talmente inaspettata da essere indimenticabile."

"Non ho bisogno di niente di pomposo," gli disse. "Ho solo bisogno di te."

"Sono già tuo," la rassicurò. "Sono l'uomo più fortunato del mondo," le disse dopo un istante.

"Io sono più fortunata di te," gli disse.

"No, sei una donna talmente eccezionale che avevo paura ti mettessi con qualcun altro prima che io avessi la possibilità di provarci," le spiegò con una sincerità che Jane percepì a pieno. "Farò in modo che non ti pentirai di amarmi neanche un giorno della tua vita: non ti ferirò, ti rispetterò sempre e mi impegnerò al massimo per tenerti al sicuro e farti sentire amata."

Quelle parole erano anche meglio di qualsiasi tipo di voti nuziali avrebbe potuto pronunciarle.

Jane si voltò verso di lui e gli baciò la mascella, per poi rannicchiarsi contro di lui. "È tutto ciò che una donna possa desiderare," gli disse. "È tutto ciò che desidero *io*. Ti amo."

"Ti amo anch'io."

"O fai di tutto per vivere, o fai di tutto per morire" gli disse lei con calma. "Come diceva Red alla fine de *Le ali della libertà*."

"Esatto. Adesso dormi, piccola, domani ci aspetta una giornata pesante: Wolf è rimasto male di non aver potuto cenare con te, quindi passeremo tutto il giorno da lui per un lungo barbecue. Ha invitato tutta la squadra con mogli e figli, anzi, credo proprio che troveremo anche i loro animali domestici."

Jane gli sorrise. "Non me l'avevi detto."

"Te lo dico ora," le rispose Storm. "Ti vogliono tutti un gran bene, ormai fai parte della squadra. Basta che li chiami e sono da te, proprio come Bubba, Rocco e Gumby non tanto tempo fa. Se non riesci a rintracciarmi, chiama loro e si faranno in quattro per aiutarti. Capito?"

Jane annuì.

Dovevano ancora sbrigare un sacco di faccende e affrontare svariati argomenti: il trasloco dall'appartamento di Jane, Rose, il loro futuro... Al momento, però, Jane era troppo stanca, felice e soddisfatta per pensarci, perciò si limitò a stringersi a Storm tra un sospiro e l'altro.

"Buonanotte, piccola," gli disse lui.

"Buonanotte, Storm."

Jane riuscì a rimanere sveglia fino a quando non sentì Storm russarle piano sotto la guancia. Quando incontrava quell'affascinante ammiraglio nei corridoi della base, ogni volta che lo fissava, non avrebbe mai pensato che si sarebbe ritrovata a quel punto; ma ora che era suo, avrebbe lottato per tenerlo accanto a sé.

Allora si girò, gli baciò la spalla e chiuse gli occhi, appagata dalla consapevolezza di essere amata.

* * *

Grazie per aver letto la serie "Armi e Amori: verso il futuro"! Spero che ti sia piaciuta! Ho scritto tante altre serie, se vuoi puoi cominciare a leggerne una, ad esempio "Forze speciali alle Hawaii", che comincia con *Trovare Elodie*.

__Also by Susan Stoker__

__Armi & Amori: verso il futuro__

Soccorrere Caite

Soccorrere Brenae

Soccorrere Sidney

Soccorrere Piper

Soccorrere Zoey

Soccorrere Avery

Soccorrere Kalee

Soccorrere Jane

__Ricerca e soccorso Eagle Point__

In cerca di Lilly

In cerca di Elsie

In cerca di Bristol (15, Novembre)

In cerca di Caryn (4 Aprile)

In cerca di Finley

In cerca di Heather

In cerca di Khloe

__Il Rifugio__

Meritare Alaska

Meritare Henley (3 Gennaio)

Meritare Reese (30 Maggio)

Meritare Cora

Meritare Lara
Meritare Maisy
Meritare Ryleigh

Forze Speciali alle Hawaii

Trovare Elodie
Trovare Lexie
Trovare Kenna
Trovare Monica
Trovare Carly
Trovare Ashlyn (7 Febbraio)
Trovare Jodelle (22 Luglio)

Delta Duo

La forza di Gillian (1 Dicembre)
La forza di Kinley (1 Febbraio)
La forza di Aspen (1 Maggio)
La forza di Jayme (15 Giugno)
La forza di Riley (15 Agosto)
La forza di Devyn (15 Settembre)
La forza di Ember
La forza di Sierra

Delta Force Heroes

Salvare Rayne
Salvare Emily
Salvare Harley

Il Matrimonio di Emily
Salvare Kassie
Salvare Bryn
Salvare Casey
Salvare Sadie
Salvare Wendy
Salvare Mary
Salvare Macie
Salvare Annie

Armi e Amori

Proteggere Caroline
Proteggere Alabama
Proteggere Fiona
Il Matrimonio di Caroline
Proteggere Summer
Proteggere Cheyenne
Proteggere Jessyka
Proteggere Julie
Proteggere Melody
Proteggere il Futuro
Proteggere Kiera
Proteggere i figli di Alabama
Proteggere Dakota

Mercenari di Montagna

Difendere Allye

Difendere Chloe

Difendere Morgan

Difendere Harlow

Difendere Everly

Difendere Zara

Difendere Raven

Ace Security

Il riscatto di Grace

Il riscatto di Alexis

Il riscatto di Bailey

Il riscatto di Felicity

Il riscatto di Sarah

Una raccolta di storie brevi

Un momento nel tempo

BIOGRAFIA

L'autrice best seller del *New York Times*, *USA Today*, e *Wall Street Journal*, Susan Stoker ha un cuore grande come lo stato del Texas, dove vive, ma questa tipica ragazza americana ha trascorso gli ultimi quattordici anni vivendo nel Missouri, in California, in Colorado, e nell'Indiana. È sposata con un ex militare dell'esercito, che ora la segue in tutto il Paese.

Ha debuttato con la sua prima serie nel 2014, seguita dalla serie SEAL of Protection, che ha consolidato il suo amore per la scrittura, e la creazione di storie in cui i lettori possono perdersi.

Se ti è piaciuto questo libro, o qualsiasi libro, per favore considera di lasciare una recensione. Gli autori lo apprezzano più di quanto tu possa immaginare.

www.stokeraces.com
susan@stokeraces.com

www.ingramcontent.com/pod-product-compliance
Lightning Source LLC
Chambersburg PA
CBHW070639100726

47907CB00007B/2040